KB114799

The Record of Dragon's Return

재중 귀환록

FUSION FANTASTIC STORY

푸른 하늘 장편 소설

재중 귀환록 1

푸른 하늘 장편 소설

초판 1쇄 찍은 날 § 2014년 3월 18일
초판 1쇄 펴낸 날 § 2014년 3월 25일

지은이 § 푸른 하늘
펴낸이 § 서경석

편집부장 § 권태완
편집책임 § 박가연

펴낸곳 § 도서출판 청어람
등록번호 § 제387-1999-000006호
등록일자 § 1999. 5. 31
어람번호 § 제1-1809호

주소 § 경기도 부천시 원미구 부일로 483번길 40 서경B/D 3F (우) 420-822
전화 § 032-656-4452팩스 § 032-656-4453
http://www.chungeoram.com
E-mail § chungeorambook@daum.net

ISBN 979-11-5681-940-0 04810
ISBN 979-11-5681-939-4 (세트)

The Record of Dragon's Return

재중
귀환록

1

돌아온 고향

푸른 하늘 장편 소설

FUSION FANTASTIC STORY

도서출판
청어람

CONTENTS

Chapter 01
등가교환

사람들은 말한다.

  아직은 살 만한 세상이라고 말이다.

  하지만 그건 있는 사람들 이야기이고, 재중에게는 전혀
그렇지 못했다.

  사실 재중도 부모님의 사랑과 축복 속에 태어났다. 그리
고 다섯 살 터울의 여동생이 태어났을 때는 아직 어린 재중
이었지만 신기하면서도 작고 여리며 귀여운 여동생을 지켜
줘야 한다는 생각이 들었다.

  누가 시키지도 않았건만 동생이 울면 달래주려고 노력하

는 재중의 모습을 보고 저절로 미소 짓는 부모님과 함께 행복했으니 말이다.

하지만 불행은 갑자기 찾아온다고 했던가?

어느 날 갑자기 찾아온 부모님의 죽음. 그리고 장례식이 끝난 뒤 단 한 번도 본 적 없는 삼촌이라는 사람이 나타나더니 재중과 아직 어린 여동생을 데리고 살기 시작하면서 모든 것이 어긋나기 시작했다.

너무나 괴로웠다.

부모님의 죽음을 받아들이지도 못했는데 생전 처음 보는 삼촌이란 사람이 나타나 같이 살게 되었으니 아직 어린 재중이 견디기에 힘든 것은 당연했다.

하지만 정말로 재중을 힘들게 하는 것은 부모님의 빈자리가 아니라 배고픔이었다.

삼촌이라는 사람은 한 번 나가면 며칠 동안 오지 않고 먹을 건 라면뿐인 곳에서 그것마저 떨어지면 굶어야 했으니 말이다.

그런데 삼촌은 그것도 귀찮았는지 재중과 여동생을 고아원 앞에 놓고 가버렸다.

말 그대로 버려진 것이다.

그 삼촌이라는 사람은 고아원에 맡기지도 않고 입구에 쓰레기를 버리듯 둘만 놓고 가버렸다.

하지만 오히려 재중은 좋아했다.

그나마 고아원은 밥은 주어 굶진 않아도 되었으니 말이다.

하지만 그것도 몇 년 가지 않았다.

재중이 있던 고아원의 원장이라는 놈이 재중의 여동생을 어딘가로 돈 받고 팔아버렸다.

고아원은 아이들의 숫자에 따라 나라에서 보조금이나 지원금이 책정되기에 사람들이 모를 뿐 많은 고아원이 아이들을 돈 받고 넘기는 일이 비일비재했다.

특히 재중과 재중의 여동생 같은 경우 보호자가 완전히 버리고 가버린 상황이라 혹시라도 다시 찾아올 일이 없다고 생각했기에 원장도 부담 없이 어딘가로 재중의 여동생을 넘겨 버린 것이다.

어릴수록 지원금을 오래 타 먹을 수 있기에 비싸다는 것을 이용해서 말이다.

뒤늦게 여동생이 없어진 것을 알고 재중이 난리쳤지만 어리고 힘없는 고아에게 원장은 너무나 강했다.

그 후 무작정 고아원을 뛰쳐나온 재중은 미친 듯이 헤매고 다니기 시작했다.

여동생을 찾기 위해서.

어리고 힘없는 재중에게 세상이 얼마나 춥고 무서운 곳

인지 처절하리만큼 혹독하게 가르침 받기 시작한 것도 이때쯤일 것이다.

인신매매는 물론이고 장기 밀매하는 녀석들이 달콤한 말과 배고픔을 잊게 해줄 뚜껑 딴 음료수로 재중을 호시탐탐 노리는 것 정도는 기본이었다.

세상에서 사라져도 누구 하나 찾지 않을 재중은 그들에게 그저 돈으로만 보일 뿐이었다.

그런 녀석들을 피해 공사 현장에서 잠을 자다 우연히 인부에게 걸린 재중은 무조건 매달렸다.

일을 시켜달라고 말이다.

누가 봐도 가출했거나 집이 없는 게 당연해 보이는 재중을 쉽게 받아줄 리가 없었다.

그런데 재중이 울며불며 여동생을 찾아야 한다면서 매달리자 작업반장이 우선 일하는 것을 보고 일을 시켜주겠다면서 으름장을 놓았다.

재중은 열심히 일했다. 재중에게는 이곳이 아니면 더 이상 갈 곳이 없다는 절박함이 있었다. 그 모습을 지켜보던 작업반장은 결국 재중이 따라다니도록 허락했다.

그 후로 1년, 2년 시간이 흘렀다. 닥치는 대로 작업반장과 함께 움직이면서 전국을 돌아다니기 시작한 재중은 발길이 닿는 곳의 고아원이란 고아원은 다 뒤지고 다녔지만 여동생은 그 어디에도 없었다.

그렇게 흘러가는 시간 동안 동생을 찾아 헤매던 재중은 힘없는 어린이에서 독기 어린 소년으로 변하기 시작했다.

그리고 갓 성인이 될 때쯤 재중의 눈빛은 예전의 모습을 찾아보기 힘들 만큼 변해 있었다.

살아남기 위해, 그리고 여동생을 찾아야 한다는 목적 하나만으로 버텨온 재중은 겉보기에는 허름한 모습이지만 눈동자만큼은 깊고 굳건해져 있었던 것이다.

그러던 어느 날 재중은 인생을 뒤집을 만한 인연을 만나게 되었다.

"여동생을 찾을 힘을 주겠어요. 대신 나를 도와주세요."

노숙자가 많이 모인다는 기차역 앞 벤치에 앉아 쉬고 있는 재중에게 금발에 푸른 눈동자가 너무나 잘 어울리는 미녀가 능숙한 한국어로 다가온 것이다.

믿을 수 없게도 그녀는 재중의 기억 속에 아직도 선명하게 남아 있는 여동생의 얼굴을 재중에게 보여주었다.

그것도 마치 마술을 부리듯 허공에 선명한 그림을 남기면서 말이다.

여동생의 그림을 보는 순간 재중은 흔들렸다.

벌써 수년째 여동생을 찾고 있지만 소식은커녕 봤다는 사람조차 없었기에 천천히 지쳐가고 있었던 것이다.

한데 절묘하게 재중이 지쳐 누군가의 도움을 필요로 할 때 그녀가 나타났으니 흔들릴 수밖에 없기도 했다.

고급스러운 옷의 너무나 아름다운 여인이었다.

아마 보통의 남자라면 그녀의 미모에 흔들렸을 테지만 재중이 그녀에게 마음이 기운 것은 뜻밖에도 그녀의 눈동자 때문이었다.

한없이 깊은 슬픔을 가진 듯 무겁게 가라앉은 눈빛에는 자신처럼 절박함이 깃들어 있었다.

결코 사기 치거나 누군가를 속이려는 사람에게서는 볼 수 없는 눈동자였다.

수년간 여동생을 찾아 전국을 헤매며 재중은 수많은 사람을 만났고, 그러면서 본능적으로 상대방의 눈동자를 통해 적인지 아닌지를 판단하는 능력을 갖게 되었다.

누군가에게 배운 것은 아니었다.

오로지 살아남기 위해서 본능적으로 갈고닦은 본인만의 스킬이었다.

그리고 그 갈고닦은 판단력이 그녀는 거짓말을 하지 않는다고 말하고 있었다.

결국 재중은 그녀가 내민 손을 잡았다.

다만 그때까지 재중은 그 선택이 얼마나 자신의 인생을 뒤흔들지는 짐작조차 못하고 있었다.

그녀의 손을 잡자 순식간에 주변이 바뀌었다.

기이한 경험을 통해 재중이 도착한 곳은 달이 여섯 개가 떠 있는 다른 세상이었다.

돼지가 두 발로 걷고 늑대가 사람처럼 말하는, 마치 소설이나 게임에서나 나올 법한 그런 곳 말이다.

하지만 재중은 그런 것에 신경 쓸 틈이 없었다.

자신을 데려온 여자가 무작정 시커먼 돌로 만든 높은 탑으로 끌고 갔기 때문이다. 거기다 그곳에 도착하자마자 그녀가 내민 붉은 액체를 마셔야 했다.

붉은색이 왠지 꺼려져서 인상을 찌푸렸지만 슬쩍 눈치만 봐도 자신이 마셔야 한다는 걸 알았기에 두 눈 딱 감고 마셔 버렸다.

그리고 재중은 온몸이 뒤틀리는 고통에 바닥을 뒹굴어야만 했다.

무려 일주일이나 고통에 힘겨워하던 재중이 겨우 고통에서 벗어날 무렵, 그녀는 재중에게 붉고 비릿하지만 첫 번째와 살짝 다른 청량한 향기가 조금 느껴지는 붉은 액체를 다시금 먹였다.

그리고 다시 시작된 고통.

지옥이 있다면 바로 이 순간이라고 생각할 수밖에 없는

고통이었다.

온몸의 살이 찢어지고 내장을 꼬아서 줄넘기하는 것 같은 고통은 도무지 적응이 되지 않았다.

아마 수십 번은 혼절했을 것이다.

문제는 너무나 고통스러워서 혼절을 해도 곧바로 다시 깨어나 버린다는 사실이다.

사실 그녀가 재중에게 먹인 것은 바로 대륙에서 이제 유일하게 남아 있는 드래곤의 피였다.

신이 창조한 지상 최강의 생명체라는 드래곤은 무려 수만 년을 사는 존재였다.

어떻게, 어떤 방법으로 드래곤의 피를 구했는지는 알 수 없었다.

마법사라면 자신의 모든 것을 걸고 욕심내도 아깝지 않은 아이템이 바로 드래곤의 피, 일명 드래곤 블러드였다.

하지만 그녀는 조금도 아깝지 않다는 듯 덤덤한 표정으로 재중이 고통에서 벗어날 때마다 그 피를 강제로 먹이길 반복했다.

며칠, 아니, 어쩌면 몇 달, 아니다. 몇 년이 흘렀을지도 모른다.

벌써 수십 번이 넘도록 그녀가 먹이는 드래곤의 피를 마신 재중이었으니 시간관념이 거의 사라질 수밖에 없었다.

드래곤의 피는 마법사에게는 최고의 재료이다.

반면 직접 먹는 경우 드래곤을 제외하고는 모든 생물에게 최악의 독이 되는 것이 바로 드래곤의 피였다.

너무나 강한 마나를 품고 있기에 인간의 몸이 버텨낼 수가 없는 것이다.

하지만 놀랍게도 재중은 벌써 수십 번이나 드래곤의 피를 마시고도 살아 있었다.

그뿐인가? 처음에는 피를 마시고 일주일 동안 바닥을 구르면서 고통에 몸부림쳤다면 지금은 겨우 반나절만 고통스러워할 뿐이다.

한 방울만 마셔도 몸 안의 마나가 폭주해서 죽는다는 드래곤의 피를 사발로 마시고도 죽지 않는 것도 놀랍지만 더욱 황당한 것은 재중의 몸이 느리지만 서서히 드래곤의 피를 받아들이면서 적응하고 있다는 것이다.

겉모습만 보면 재중은 전혀 달라진 것이 없었다. 하지만 재중의 몸속은 완전히 바뀌어 버린 상태였다.

뼈는 그 어떤 금속보다 강했고 피부는 부드러우면서도 그 무엇보다 질겼다.

거기다 근육까지 변화를 시작하면서 드래곤의 피로 인해 저절로 최상의 육체로 변화하기 시작한 것이다.

마치 무협소설에서 나오는 환골탈태를 한 것처럼 껍질을

벗고 새로 태어난 듯이.

아니, 어쩌면 지금 그녀는 재중에게 드래곤의 피를 먹임으로써 강제로 환골탈퇴를 시키고 있는 중일지도 몰랐다.

"이제 1단계는 끝났어요. 정말 살아남아 줘서 고마워요."

잔인하게 입을 벌려서 강제로 드래곤의 피를 먹일 때와 달리 재중이 살아남은 것에 미안해하면서도 고마워하는 그녀였다.

그녀의 눈동자는 처음 재중을 찾아왔을 때와 같이 깊으면서도 슬픔이 가득하기만 했다.

진실된 슬픔을 간직한 그런 눈동자 말이다.

그리고 그녀는 재중에게 천천히 이야기를 시작했다.

왜 자신이 차원을 넘어가서까지 재중을 데려와야 했는지, 그리고 자신이 도와달라고 하는 것이 무엇인지 사실 그대로 모두 말이다.

"……."

재중은 다 듣고 나서 잠시 뒤통수가 떵하게 아려오는 충격을 받긴 했지만 의외로 쉽게 받아들였다.

처음 여섯 개의 달을 봤을 때 뭔가 느껴지는 게 있었기에 담담하게 받아들일 수 있었다.

"전 베르벤, 베르벤 라이안이에요. 현재 대륙에서 유일하게 살아남은 마법사이자 8서클의 현자이기도 하죠."

재중은 베르벤의 이름을 듣고서 엉뚱하게도 참 어울린다는 생각을 했다.

여자다운 이름이라는 생각에 재중은 잠시 딴생각에 빠졌다가 베르벤이 다시 입을 열자 곧 귀를 열었다.

그리고 듣게 된 내용은 충격적일 수밖에 없었다.

현재 재중이 머물고 있는 이곳이 대륙에서 유일하게 인간을 비롯해서 유사 인종이 모두 모여 있는 마지막 왕국이라는 것, 거기다 황당한 것은 불과 1년 만에 50명의 드래고니안이라는 녀석들이 지구보다 네 배는 큰 대륙에서 살고 있던 종족을 거의 모두 죽였다는 것이다.

믿기 어려운 사실이다.

하지만 재중은 처음 와서 보았던 광경을 떠올리며 의외로 빠르게 베르벤의 이야기를 받아들일 수 있었다.

드래곤의 피 때문일까?

상대가 진실을 말하는지 거짓을 말하는지 알아내는 재중특유의 능력이 한없이 깊어진 눈동자만큼 극대화된 상태였다.

그 능력이 베르벤의 말에서 거짓을 읽지 못했기에 더 쉽게 믿는 면도 있었다.

"드래고니안을 모두 죽여주세요."

베르벤이 재중에게 한 부탁은 오직 이거 하나였다.

지금 재중이 있는 대륙은 거의 모든 종족이 멸종에 가까울 만큼 초토화 상태였다.

드래고니안은 본래 드래곤과 인간 사이에서 태어난 녀석들을 일컫는 말인데, 생긴 것은 사람과 같지만 사고방식, 행동, 그리고 드래곤 특유의 이기적이면서도 자신 이외의 모든 것을 벌레보다 못하게 생각하는 것이 드래곤과 같았다.

한마디로 생긴 것만 인간과 똑같을 뿐 인간이라고 하기에는 문제가 많은 녀석들로, 언제 터질지 모르는 시한폭탄인 것이다.

그런데 그 시한폭탄이 기어코 터져 버린 것이 바로 작년 이맘때쯤이라고 한다.

이유는 모르지만 지금까지 드래고니안을 제어하던 드래곤들이 사라져 버린 것이다.

하루아침에 감쪽같이 대륙의 모든 드래곤이 사라져 버렸다는 말이다.

나름 대륙의 수호자라는 위치에 있는 드래곤이었지만, 정작 대륙은 드래곤이 어디로 사라졌는지 찾을 생각조차 하지 못했다.

하루 만에 왕국 하나를 잿더미로 만들어 버린 드래고니안의 칼날 앞에서 살아남으려면 무조건 그들로부터 멀리 도망치는 수밖에 없었으니 말이다.

수많은 용자와 마법사들이 드래고니안에게 대항했다.

하지만 그들 앞에 인간은 강해봐야 결국 인간일 뿐이었다.

오러 블레이드를 날리고 메테오를 뿌려대는 녀석들을 상대로는 대마법사도, 제국의 검이라는 소드 마스터도 그저 길가의 거추장스런 돌멩이에 지나지 않았으니 말이다.

그렇게 밀리고 밀린 대륙의 모든 종족은 결국 벼랑 끝에서 살기 위해 드래고니안에 대항할 수 있는 무기를 만들기로 의견을 모았다.

그 결과 나온 것이 바로 재중에게 했던 것과 같은 실험이었다.

처음엔 대륙 사람으로 실험을 했지만 모두 실패했다.

대상자들은 단 한 방울이지만 드래곤의 피를 마시는 순간 온몸의 혈관이 터지면서 모두 죽어버렸다.

실험에 자발적으로 참여한 지원자가 100명이 넘었지만 결과는 같았다.

지원자 모두 실험에 실패해 절망에 빠졌을 무렵, 가장 오래 살아온 하이엘프 원로가 예전에 드래곤에게 선물로 받은 차원 이동 스크롤을 꺼내면서 다른 차원의 사람을 데려오면 어떻겠냐고 의견을 낸 것이다.

특별히 근거가 있는 것은 아니었다. 하지만 대륙인들을

대상으로 한 실험이 사실상 실패한 이상 다른 방법을 찾아보아야 했다.

그것이 차원을 넘어가는 일이라도 말이다.

이미 벼랑 끝에 몰려 절망에 빠진 베르벤은 하이엘프 원로가 드래곤에게 선물 받았다는 차원 이동 스크롤 세 개 중두 개를 받아 지구로 떠났고, 마침내 재중을 데려오게 된것이다.

"⋯⋯."

베르벤의 이야기를 모두 들은 재중은 한참 동안 생각했다.

대륙에서 살지 않는 재중이 생각해도 이건 미친 짓이나마찬가지였으니 말이다.

하지만 지금에 와서 싫다고 할 수도 없었고, 그 말이 베르벤에게 먹혀들 리도 없었다.

만약 싫다고 한다면 마법으로 꽁꽁 묶어서 드래고니안에게 집어 던지지만 않으면 다행일 것이다.

그리고 선택의 여지가 없이 해야만 한다면 더 이상 뒤돌아보지 않기로 한 재중이 고개를 끄덕였다.

다만 자신이 이 싸움에 살아남는다면 꼭 지구로 돌려보내 달라고 했다.

여동생을 찾는 것이 현재 재중의 유일한 목표이자 힘든

삶을 살면서 버틸 수 있었던 이유였으니 말이다.

"약속은 꼭 지킬게요. 그리고 고마워요. 그럼 다음 단계로 넘어갈게요."

"다음 단계?"

지긋지긋한 드래곤의 피를 먹는 것으로 끝인 줄 알았던 재중이 화들짝 놀랐다.

"재중 씨는 혼자예요. 하지만 드래고니안은 50마리죠. 1:50의 싸움은 누가 봐도 불리해요. 그리고 현재 재중 씨는 이제야 겨우 육체 능력이 드래고니안과 비슷해졌을 뿐이에요."

"……."

지금 자신이 은연중에 느끼는 힘이 겨우 드래고니안의 육체 능력과 비슷한 수준이란 말에 할 말을 잃었다.

수백 번, 수천 번 죽고 싶은 고통에서 살아남은 재중이다.

그런데 베르벤은 이제 시작이라고 한다.

"최강의 방패이자 무기를 재중 씨에게 줄 거예요."

"……?"

베르벤의 말에 어리둥절한 재중이었다.

그러나 이어서 이번에는 검은색에 보기만 해도 단단해 보이는 철판에 자신의 온몸을 묶고 있는 베르벤의 굳은 눈동자를 보면서, 어쩌면 죽을 고비를 넘기는 시련은 이제부터 시작일 것 같다는 생각이 들었다.

그리고 그 느낌은 너무나 정확하게 맞아떨어졌다.

"이건 오리하르콘이에요. 신의 금속이라는 거죠. 마법에는 절대 방어 능력을 가지고 있고 그 어떤 금속보다 가벼우면서도 단단해요."

베르벤의 거창한 설명이 있긴 했지만 이상하게도 재중 앞에 있는 것은 밀가루처럼 금방이라도 바람에 날려 사라질 것 같은 은빛의 가루 더미에 불과했다. 재중은 고개를 갸웃거렸다.

베르벤도 재중이 고개를 갸웃거리는 모습을 보고는.

"이건 오리하르콘을 나노 입자보다 작은 크기로 자른 거예요."

"나노 입자?"

막노동판을 떠돌면서 돌아다니긴 했지만 재중도 자주 TV를 통해 들어본 적이 있다.

재중이 중얼거리자 베르벤은 웃으면서 말했다.

"제가 지구로 가서 얻은 큰 수확 중의 첫째가 재중 씨라면 두 번째는 바로 나노 크기로 물건을 잘라 사용하는 기술이에요."

사실 나노 기술은 현대 사회에서는 이미 익숙한 기술이

었다.

그리고 지금은 나노 기술 따위에 놀라고 있을 때가 아니었고.

재중은 굳이 왜 오리하르콘이라는 걸 가루로 만들었는지 의아한 생각이 들었다. 자신에게 최강의 방패이지 무기를 준다고 한 베르벤이 뜬금없이 가루를 내민 게 이상했다.

그리고 왠지 불안한 느낌이 들기 시작했다.

너무나 고운 가루에 바람이 조금만 불어도 허공으로 사라져 버릴 것 같은 미세한 분말이라면 먹을 수도 있겠다는 생각이 들었으니 말이다.

이미 드래곤의 피를 먹은 경험이 있는 재중은 왠지 저걸 자신에게 먹일 것 같다는 의심이 들었다.

그리고 그런 재중을 보며 환하게 웃는 베르벤이다.

"젠장!"

나쁜 예감은 어찌도 그리 잘 맞는지 재중의 예감은 정확했다.

다만 드래곤 블러드 때와 다른 것이 있다면 베르벤이 나노 입자 크기의 오리하르콘 가루 주변에 바람을 일으켜 그걸 조정해서 마치 오리하르콘 가루가 살아 있는 듯 스스로 재중의 입속으로 들어왔다는 것이 다를 뿐이었다.

"크윽!!"

그리고 나노 오리하르콘 가루가 재중의 몸에 적응하는 동안의 고통은 드래곤의 피와는 비교도 할 수 없을 정도였다.

"빌어먹을!! 젠장!! 나쁜 년!!"

재중은 자신이 무슨 말을 하는지도 모를 정도로 제정신이 아니었다.

그도 그럴 것이, 나노 크기의 오리하르콘은 재중의 입속으로 들어오자마자 폐와 위를 타고 들어가 가로막는 벽을 뚫고 온몸으로 퍼지고 있었기 때문이다.

미세한 바늘 수십억 개가 계속 찌르는 듯한 고통을 상상해 보았는가?

미치지 않고서는 견딜 수 없다.

고문 중에 손톱 밑에 바늘을 꽂는 고문이 있는데, 그 고통은 웬만큼 훈련받은 사람도 결국에는 모든 것을 실토할 수밖에 없을 만큼 고통스럽다.

그런데 지금 재중이 겪고 있는 고통은 그것의 수천 배였다.

재중이 고통을 버티지 못한다면 자칫 미쳐 버리거나 백치가 될 수도 있었다.

모 아니면 도.

현재 베르벤의 입장에서 재중의 상태를 보고 머릿속에 드는 생각이다.

그럴 수밖에 없는 것이, 나노 입자의 오리하르콘과 드래곤의 피를 먹여서 재중을 반 드래곤으로 만들어 버렸으니 말이다.

드래곤은 정신력이 강했다.

당연히 그만큼 고통에 대항하는 능력이 탁월할 수밖에 없다.

"버텨주세요. 제발……."

하지만 지켜보는 베르벤도 가슴이 아프긴 마찬가지였다.

그녀는 초조해서 손톱이 살을 파고들고 있다는 것도 모를 만큼 주먹을 강하게 쥐고 있었다.

만약에 재중이 여기서 죽거나 백치가 되어버린다면 대륙에는 더 이상의 미래가 없었다.

남은 건 드래고니안의 칼에 죽는 날만 기다리는 신세가 되는 것뿐이다.

재중이 베르벤을 비롯해 현재 이곳 대륙에 남아 있는 몇 안 되는 인류와 유사 인종 모두의 구세주 역할을 해야 하기에 무엇보다 중요할 수밖에 없었다.

"분명히… 오리하르콘이 드래곤의 피에 반응할 거야. 분명히."

신이 만든 최고의 금속 오리하르콘, 신이 만든 최강의 생물 드래곤.

이 둘은 신이 만들었다는 특이한 공통점이 있었다.

과거 실험 중에 오리하르콘에 드래곤의 피를 떨어뜨렸더니 놀랍게도 반응이 있다는 실험기록이 있었다.

오직 그 실험 하나만 믿고 베르벤은 지금 이렇게 무식할 만큼 말도 안 되는 도전을 하고 있는 것이다.

"크악!! 크악!! 다 죽여 버리겠어!! 모두 다!!"

허연 눈을 까뒤집은 채 미친놈처럼 온몸을 흔들어대는 재중의 모습을 보고 있으면 금방이라도 묶인 것을 풀고 뛰쳐나와 무슨 사고라도 칠 것 같았지만, 베르벤은 결코 자리를 떠나지 않았다.

설사 여기서 죽더라도 자신이 떠나서는 안 된다는 책임감도 있지만 재중에게 너무나 미안해서 차마 피하지 못하고 있기도 했다.

"헉헉… 헉헉……!"

그렇게 고통에 몸부림친 지 10일째가 되었을까? 재중이 처음으로 편안한 숨을 몰아쉬기 시작하더니,

쩌어어억!

"…헉!!"

재중의 피부가 천천히 은빛으로 변하기 시작했다.

발끝에서 시작된 변화는 천천히 위로 올라가더니 얼굴을 지나 머리카락까지 은색으로 물들이고는 멈추었다.

"…설마 오리하르콘도… 적응한 건가? 성공한… 거야?"

베르벤은 그저 먼저 재중에게 먹인 드래곤의 피에 오리하르콘이 반응해서 재중이 생각대로 적당히 움직여 주기만 해도 성공이라고 생각했었다. 그에 비하면 지금 재중의 모습은 놀랍다 못해 경이적이기까지 했다.

인간이 드래곤의 피에 적응해서 반 드래곤이 된 것도 모자라 오리하르콘마저 완전히 적응해 버린 것이다.

그 가장 큰 증거로 지금 재중의 온몸이 은빛으로 변했다는 것을 들 수 있었다.

현재 재중이 묶여 있는 것은 아만티움이라는 것으로 단단하기로는 오리하르콘보다 더했다. 다만 마기를 가지고 있고 무게가 너무 무거워서 실용성이 떨어지지만 지금처럼 괴물이 되어버린 재중을 묶어두기에는 더할 나위 없이 좋은 철판이다.

거기다 아만티움이라는 금속은 마나를 흡수하고 머금는 오리하르콘과는 완전 상극의 기운을 가지고 있었다.

그것이 재중의 몸을 묶어두고 있으니 오리하르콘이 재중을 보호하기 위해 자연스럽게 반응해서 그의 몸을 모두 뒤덮어 버린 것이다.

한편 그런 재중의 모습을 본 베르벤은 입가에 미소가 떠나질 않았다.

"이긴다. 이길 수 있다."

드래고니안의 가장 큰 무기가 바로 마법이다.

8서클의 베르벤도 9서클 마법을 장난스럽게 사용하는 드래고니안 앞에서는 고양이 앞에 쥐나 다름없었기에 도무지 상대가 되지 않았다.

하지만 재중은 달랐다.

마법으로는 그를 전혀 다치지 못하게 할 테니 말이다.

"베르벤, 한 가지만 물어보고 싶네요."

정신을 차리고 하루 동안 푹 쉬고 난 재중이 베르벤을 보면서 한 말이다.

"물어보세요."

"왜 날 택한 거죠?"

재중은 처음에는 그저 운이라고 생각했다.

베르벤이 자신을 택한 것이 말이다.

하지만 지금 생각해 보니 베르벤은 너무나 의도적으로 접근했던 것이다.

강해져서일까, 마음에 여유가 생겨서일까? 전에는 무심코 넘긴 것들이 의문으로 남기 시작했다.

그리고 그중에 하나가 바로 베르벤이 왜 자신을 선택했냐는 것이다.

"사실대로 말하면 124번째 실험에서 유일하게 살아남은 사람이었으니까요, 몰랐겠지만 재중 씨가 잘 때 몰래 드래곤의 피를 몇 방울 입안으로 흘려 넣었었어요. 일종의 실험이죠."

"하아!"

재중은 저절로 한숨이 나왔다. 하지만 한편으로는 혹시나 하는 생각이 맞자 차분하게 인정했다.

차원을 넘어와서까지 찾는 사람이었다.

그런 절박한 상황에 도박하듯 아무나 데려가는 것이 오히려 말이 안 되는 상황이었다.

그렇기에 재중은 어젯밤 곰곰이 생각하다가 혹시 자신이 모르는 사이에 베르벤이 자신에게 실험한 것은 아닐까 하는 의심을 한 것이다. 그리고 그게 맞아떨어진 것이고.

"기분 나빴나요?"

"아니요. 그냥 생각해 보면 베르벤의 입장에서는 당연한 일이니까요."

"이해해 줘서 고마워요."

벌떡!

재중은 베르벤의 말이 끝나자마자 바로 벌떡 일어섰다.

이제 자신이 약속을 지킬 차례였으니 말이다.

베르벤은 약속대로 힘을 주었다.

이 정도면 지구로 돌아가도 자신 혼자 어떻게든지 여동생을 찾을 수 있을 것이다.

아니, 기필코 찾아야만 했다.

힘없고 어리고 바보 같았던 자신은 이제 사라졌으니 말이다.

그리고 재중의 뇌리에 한 사람이 떠올랐다.

"최태식, 기다려라."

자신과 동생을 생이별시킨 원흉인 고아원의 원장이 떠오른 것이다.

"살아서 돌아올게요."

원장을 떠올리자 더더욱 여기서 우물쭈물할 시간이 없다고 판단됐다. 재중은 곧바로 마탑을 벗어나 초원을 질주하기 시작했다.

그리고 시작된 드래고니안과 은빛의 용자로 불리게 되는 재중의 싸움.

하지만 이 불리한 전쟁이 100년 뒤에나 끝나게 될 것이라고는 그 누구도 몰랐다.

*   *   *

"정말 가는 건가요?"

베르벤은 왠지 슬픈 표정으로 재중을 바라보았다. 재중도 내심 미안했지만 선택의 여지가 없는 것은 처음이나 지금이나 마찬가지였기에 애써 웃어 보였다.

"그동안 고생 많았어요."

재중이 베르벤에게 한마디 하자 베르벤도 애써 웃으면서 말했다.

"오히려 저희가 고맙죠. 몹쓸 짓만 시켰는데⋯⋯."

멀쩡한 사람을 데려와서는 거의 인간 개조 실험을 했으니 베르벤은 재중에게 언제나 미안한 마음뿐이었다.

한편으로 그런 베르벤을 보는 재중은 저런 성격으로 어떻게 마탑의 마탑주가 된 건지 신기하기도 했다.

일반적인 마법사는 괴팍하고 별나며 특이한 돌+아이 같은 녀석들이라고 생각했던 것을 완전히 바꿔주었으니 말이다.

"그보다 그들도 데리고 가는 건가요?"

베르벤이 재중의 그림자를 보며 말하자,

스윽~

조용히 재중의 오른쪽에 눈동자조차 보이지 않을 만큼 흑색 철갑으로 모두 감싸고 있는 녀석이 나타났다.

그리고 곧이어,

스윽~

섹시한 의상에 눈빛에 색기가 흘러넘치는 굉장한 미녀가 재중의 왼쪽에 모습을 드러냈다.

둘 모두 재중의 그림자에서 튀어나온 것이었다.

―저는 마스터의 가디언입니다. 마스터가 가는 곳이라면 어디든…….

흑기병이 묵직하게 대답했다.

―호호호호, 내가 가면 오히려 밤이 외롭지 않을 텐데 뭘 걱정을 해요? 안 그래요?

이어서 완전히 반대로 요사스러운 웃음과 함께 간드러지는 목소리로 베르벤을 약 올리듯 말한 여자가 슬쩍 재중의 팔에 매달렸다.

빠직!

그러자 베르벤의 이마에 소리 없이 힘줄이 살짝 튀어나왔다.

그리고 그런 둘을 보던 재중은 한숨을 쉬면서 한마디 했다.

"헤어지는 마당에 싸울 거니? 테라 너도 그만해."

―호호호호, 알았어요, 마스터.

그러자 테라는 야단을 맞았다는 생각이 들지 않을 만큼 자연스럽게 재중의 팔을 벗어났다. 그리곤 조용히 재중의 그림자 속으로 사라져 버렸다.

테라가 그림자 속으로 사라지자 재중은 흑색 갑옷의 기사를 보면서 말했다.

"흑기병 너도 인사해야지."

─그동안 고마웠습니다.

흑기병이 간단하게 한마디만 하고 천천히 그림자 속으로 들어가자 재중은 자신도 모르게 한숨을 내쉬었다.

"왠지 조용하긴 그른 것 같은데, 느낌이……."

흑기병과 테라.

이 둘은 본래 재중의 부하가 아니었다.

가디언이 바로 이들의 본래 진정한 정체이다.

드래곤이라면 꼭 맞이해야만 하는 수면기에 들었을 때 자신을 지킬 목적으로 만드는 것이 바로 가디언이다.

그런데 드래곤이 갑자기 사라져 버린 지금 왜 드래곤의 가디언이 재중의 곁에 있는 것일까?

당연히 궁금할 것이다.

이것도 상황이 꼬여 버려서 이렇게 된 것이다.

사실 재중은 드래고니안을 사냥하면서 가능하면 빨리 집으로 돌아가기 위해 조금 무리를 했다.

그러다가 드래고니안들의 함정에 걸려서 1:7이라는 절체절명의 상황이 벌어져 버린 것이다.

재중조차도 이제 끝이구나 하는 순간이었다.

아마 태어나서 그렇게 많이 맞아본 것은 처음일 것이다.

길거리를 헤매고 다닐 때에도 그렇게까지 맞진 않았으니 말이다.

하지만 죽으라는 법은 없는 걸까?

거의 죽기 직전, 재중의 몸 안에 있던 드래곤의 피가 재중의 삶의 의지에 동조했는지, 잠들어 있던 피의 힘이 갑자기 각성해 버렸다.

커다란 활화산이 폭발하듯 엄청난 마나를 뿜어내면서 주변의 모든 것을 집어 삼키듯 말이다.

한순간 전세 역전이었다.

드래곤의 피로 강제로 드래고니안과 같은 육체를 가지고 있던 재중은 피의 각성으로 인해 인간의 몸을 가지고 있는 드래곤과 같은 상태가 되어버린 것이다.

물론 육체적으로만 같을 뿐 마법을 배운 적이 없는 재중이었으니 드래곤하트와 같은 것은 만들지 못했지만 그 외는 완전히 드래곤과 같아져 버렸다.

"이제 역전이구만. 크크크크큭."

그냥 하는 말이지만 재중의 목소리에는 드래곤의 힘이 실려 있었다.

드래곤 피어가 저절로 발동된 것이다.

싸우는 도중에 드래곤의 피가 각성하는 경우는 정말 희

박했다.

그렇기에 베르벤도 가능하면 재중에게 드래고니안과 1:1로만 싸우도록 요구했다.

하지만 서두른 것이 결국 전화위복이 된 셈이다.

그리고 각성한 재중 앞에 나타난 것이 바로 흑기병과 테라였다.

재중은 자신은 드래곤이 아니라고 끝까지 우겼지만 가디언은 드래곤이 아니면 복종하지 않는다고 하면서 결국 들러붙었다.

물론 둘의 합세가 엄청난 전력 상승을 가져오긴 했다.

온몸을 아만티움으로 감싼 갑옷을 입고 있는 흑기병은 말 그대로 오로지 직진이었다.

그리고 그 앞에 걸리는 것은 무엇이든 용서가 없었다.

흑기병이 지나간 자리에 남는 것은 오로지 찢어진 시체뿐이었다.

반면 테라는 좀 특이했다.

재중 외에는 모르는 사실이지만 테라의 본체는 바로 테라가 가지고 있는 마도서였다.

일반적으로 사람들에게 보이는 섹시한 여자 마법사는 마도서가 조정하는 인형에 불과했다.

다른 사람들이 모르는 것은 당연했다.

아마 재중도 테라가 먼저 말하지 않았다면 몰랐을 정도로 테라의 행동은 전혀 어색한 데가 없었으니 말이다.

테라는 드래곤이 모든 지식을 집어넣어 직접 만든 마도서였다.

그리고 그 마도서에 너무나 강한 마법을 많이 적어놓았기에 혹시라도 인간의 손에 들어가서 악용될 것을 걱정한 초대 드래곤 로드가 마도서에 자아를 줘버린 것이다.

그것도 하필이면 시끄럽고 잘난 체하면서도 은근히 사람 속을 뒤집어놓는 특기가 있는 이상한 성격으로 말이다.

그리고 그 마도서가 스스로를 지키기 위해 사람을 잡아다가 자신의 노예로 삼아 손과 발로 이용하고 있는 것이다.

그 때문인지 몰라도 재중도 현재 테라라는 마도서의 이름만 알지 테라에 의해 조종되는 여자는 누군지 전혀 모르고 있었다.

"웬만하면 떼놓고 가고 싶은데……."

흑기병은 명령하면 무조건 돌진하는 단순 무식형, 테라는 언제 사고칠지 모르는 사고뭉치였으니 재중도 내심 데리고 가는 게 걱정이 될 수밖에 없었다.

하지만 이곳 대륙에 두고 갈 수도 없는 상황이었다.

그 둘을 제어할 수 있는 것은 오직 재중뿐이었으니 말이다.

하나는 너무 명령을 잘 따라서 문제이고 하나는 명령을 너무 무시해서 문제였지만 자신이 받아줘야지 어쩌겠는가.

"건강하게 지내세요."

재중이 나직하게 베르벤에게 마지막 인사말을 했다.

마지막 인사를 마친 재중은 엘프에게 받은 마지막 남은 차원 이동 스크롤을 양손에 들고 힘을 줬다.

찌이이이이이익!!!

시원하게 스크롤이 찢어지면서 재중의 모습이 사라져 버렸다.

마지막으로 재중이 사라지는 모습까지 본 베르벤은 처연하게 미소를 지으면서 말했다.

"꼭 찾길 바라요. 여동생분을요."

이것으로 100년 동안의 재중과 베르벤의 인연은 끝이 났다.

오직 싸움과 전투뿐인 세월이었지만 한편으로는 은근히 재미있는 시간이기도 했다.

Chapter 02
괴물 탄생

재중귀환록

스르륵~

베르벤 앞에서 차원 이동 스크롤을 찢은 재중이 모습을 드러낸 곳은 산이었다.

"웬 산이지?"

베르벤과 만났던 당시 자신은 분명 기차역 앞이었는데 쌩뚱맞게 산이 나오자 어리둥절했다.

─마스터, 제가 좀 도와드려요?

재중이 주변을 돌아보자 눈치를 보고 있던 테라가 재중의 그림자에서 얼굴만 슬쩍 내밀면서 물었다. 그 모습에 재중은 피식 웃었다.

"나와. 답답할 텐데. 그리고 앞으로 살아갈 곳이니까 첫 인사를 하는 것도 좋겠지."

―어머, 기뻐라!

테라는 재중의 허락이 떨어지자 기다렸다는 듯 튀어 올라 나오더니 허공에 멈춰 서서 주변을 살펴보는 데 정신이 없었다.

―마스터, 이곳이 고향입니까?

반면 조용히 재중의 옆으로 나타난 흑기병은 주변만 간단하게 살펴보고는 평소대로 자신의 옆에 서서 경계를 섰다. 그 모습을 보고 재중이 나직이 불렀다.

"역시나… 흑기병."

―네, 마스터!

"이곳은 몬스터도, 그리고 나를 위협했던 드래고니안도 없는 곳이야. 그러니 그렇게 경계 설 필요 없어."

―알겠습니다, 마스터.

재중이 한마디 하고서야 그제야 손에 들고 있던 창을 슬그머니 땅으로 내리는 흑기병이다.

하지만 재중의 옆에서 한 발도 움직이지 않는 것을 보면 확실히 흑기병은 흑기병이라는 생각이 드는 재중이다.

반면 아직도 공중에 둥둥 떠서 사방을 둘러보며 '꺄~

꺅!' 하고 있는 테라를 보니 편두통이 밀려왔다.

"저 녀석, 언제 내려올지 알 수가 없으니 강제로라도 끌어내려야겠군."

인적이 없는 산으로 보였지만, 혹시라도 등산객이나 심마니 등이 테라가 마법으로 하늘에 떠 있는 모습을 보게 된다면 골치가 아플 수 있었다. 강제로라도 테라를 끌어 내려야 했다.

"흑기병."

―네, 마스터.

"테라 데리고 와."

―알겠습니다.

재중의 명령이 떨어지자마자 곧바로 움직이더니 창을 고쳐 잡고는 마치 투창하듯 폼을 잡는다.

그리고는,

휙!!

그대로 창을 던져 버린 흑기병이다.

그것도 정확하게 테라의 머리를 노리고 말이다.

쾅!!

하지만 테라는 미리 알고 있었는지 정확하게 창이 날아오는 방향에 투명한 막을 쳐서 막아버리고는 오른손 검지를 펴서 눈꼬리를 살짝 내린다.

―메롱!

테라는 헛바닥을 내밀며 흑기병을 약 올리고는 사뿐히 날아서 재중의 옆으로 내려섰다.

그리고 곧바로 재중의 팔에 안겨들면서,

―마스터, 저 무식한 녀석이 저한테 창을 던지지 뭐예요! 아주 절 죽이려고 작정했어요, 작정!!

마치 살쾡이가 으르렁거리듯 흑기병을 보면서 말했다. 하지만 흑기병은 아무 일도 없다는 듯 허공에 손을 뻗어 자신이 던진 창을 회수하더니 돌아와 재중의 오른쪽에 섰다.

―…….

아무리 건드려도 대꾸가 없는 흑기병의 반응에 결국 언제나처럼 먼저 화내면서 토라지는 것은 테라였다.

재중이야 이미 흑기병과 테라의 이런 사소한 싸움을 지겹도록 봤기에 가볍게 무시하고는 주변을 둘러봤다. 하지만 역시나 보이는 것은 끝없는 산과 나무뿐이다.

"별수 없군."

자신의 시력에도 보이는 것이 나무뿐이라면 산속 깊은 곳이 분명하다고 재중은 판단을 내렸다.

탓!

재중은 찰싹 붙어 있는 테라를 떼어내고는 하늘로 뛰어올랐다.

가볍게 발돋움했을 뿐이지만 이미 하늘 높은 곳에 올라가 있었다.

마치 보이지 않는 투명한 발판을 밟고 서 있는 듯 허공에 멈춰 선 채 말이다.

—칫, 조금 더 오래 붙어 있을 수 있었는데…….

언제 재중이 자신의 품에서 벗어난 것인지 느끼지도 못한 테라는 아깝다는 듯한 표정을 지었다. 흑기병은 그런 테라를 보는 조용히 쳐다보고 있을 뿐이다.

—왜? 약 올라?

조금 전, 반응이 없던 것이 앙금이 남았는지 다시 흑기병을 약올리는 테라였지만,

—바보 같군.

발끈!

마치 쓸데없는 짓을 한다는 듯 핀잔을 주는 흑기병의 한마디에 또다시 발끈한 테라는 순식간에 양손에 붉은색을 넘어 푸른색의 불꽃을 피워 올렸다.

—오늘 이곳에서 한번 결판을 볼까? 응? 누가 진정한 마스터의 오른팔인지 말이야.

틈만 나면 성난 고양이처럼 으르렁거리면서 발톱을 세우는 테라였지만, 역시나 흑기병은 조금의 동요도 없이 그런 테라를 가만히 쳐다보더니,

―마스터의 고향이다.

그 한마디를 남기고는 입을 다물어 버렸다.

―쳇, 재미없는 녀석.

손뼉도 마주 쳐야 소리가 나듯 싸움도 어느 한쪽만 열을 올려서는 소용이 없다.

당연히 상대조차 하지 않는 흑기병을 상대로 계속 으르렁거려 봐야 혼자만 바보가 될 뿐이다.

그런데 웃긴 것은 흑기병과 테라는 태어나서부터 줄곧 이렇게 싸워왔다는 점이다.

한마디로 일상인 것이다.

자신들을 창조한 드래곤과 있을 때도 그랬고, 새롭게 주인이 된 재중과 있을 때도 그렇다.

오죽하면 재중이 바로 자신의 발밑에서 테라가 웬만한 성을 녹여 버릴 청염의 불꽃을 양손에 피워 올려도 신경도 쓰지 않겠는가?

"테라는 좀 진정해라."

―마스터.

대충 방향을 파악한 재중이 다시 땅으로 내려오자 조금 전까지 지독한 살기를 뿜어내던 테라는 감쪽같이 사라져 버렸다. 대신 테라는 머리끝부터 발끝까지 아양을 떨면서 재중의 옆에 찰싹 들러붙었다.

스윽~

테라는 이미 대륙에 있을 때부터 줄곧 이랬기에 재중도 당연하다는 듯 머리를 쓰다듬었다.

"여기는 대륙이 아니야. 함부로 마법을 쓰면 알지?"

보기에는 테라가 다혈질에 생각이 없는 것처럼 여겨질 수도 있지만 그건 흑기병 앞에서만 그렇다는 것을 잘 알기에 딱히 주의를 줄 생각은 없었다.

하지만 그래도 약간의 주의는 필요하다는 생각에 나직이 한마디 하자,

―당연하죠, 마스터.

대답은 정말 똑 부러지게 잘하는 테라였다.

―…….

흑기병은 조용히 고개만 끄덕일 뿐이다.

극과 극.

흑기병과 테라의 성격을 보면 정말 극과 극이었다.

흑기병의 경우 필요한 말 외에는 거의 하지 않기에 하루 종일 같이 있어도 말하는 것을 듣지 못하는 날이 더 많았다.

반면 테라는 그냥 한 마리 고양이라고 표현하면 딱 맞을 정도였다.

틈만 나면 재중의 곁에서 팔짱을 끼고는 뭐가 그리 좋은

지 콧노래를 부르면서 몸을 밀착시킬 뿐, 딱히 색기가 흐르거나 요염한 것은 아니었으니 말이다.

마치 애완 고양이가 주인에게 아양 떠는 정도?

물론 테라의 미모와 몸매를 생각하면 오해의 소지가 좀 있기는 하다. 하지만 재중에게는 자신을 따라 차원까지 넘어온 소중한 녀석들이다.

물론 이제 막 차원을 넘어 지구로 왔으니 적응 기간이 필요하다고 생각하고 있기에 주의만 줄 뿐이었다.

"우선은 둘 다 들어가 있어."

―네, 마스터.

재중의 단 한 마디 명령에 곧바로 재중의 그림자로 사라져 버린 흑기병이다. 반면 테라는 뭐가 그리 아쉬운지 물끄러미 재중의 눈동자를 쳐다보면서 애교 부리며 말했다.

―헤헤헤헤, 그냥 전 따라다니면 안 돼요?

"안 돼."

재중이 나직하지만 확실하게 거절했지만 테라는 포기하지 않고 다시 말을 붙였다.

―저같이 예쁘고 아름답고 매력적인 여자가 곁에 있어야 날파리가 꼬이지 않잖아요. 안 그래요, 마스터?

이런 말을 스스럼없이 함에도 밉지 않다는 것이 테라의 매력이기도 했다.

당장 눈물이라도 흘릴 듯 글썽거리는 눈동자로 재중을 쳐다보는 모습을 다른 남자들이 봤다면 아마 애간장이 녹아내리고 가진 모든 것을 내어줄 만큼 매력적이어서 영혼을 흔들었을지도 모른다.

물론 다른 남자들에게만 말이다.

"끌려 갈래, 아니면 그냥 갈래?"

지독히도 말을 듣지 않는 고양이 같은 테라였지만 그런 테라에게도 천적이 있었으니 바로 흑기병이었다.

테라는 재중이 말하는 끌려 들어가는 것이 무슨 뜻인지 잘 알기에 순식간에 방금 전의 슬픈 표정을 감쪽같이 지우고는 가볍게 혀를 찼다.

─쳇, 언젠가 한 번은 내 애교가 통해야 하는데.

다른 건 몰라도 흑기병에 끌려 들어가는 굴욕만큼은 싫었나 보다. 순순히 흑기병과 같이 재중의 그림자 속으로 들어가는 테라의 모습을 보면 말이다.

그렇게 두 사람이 사라져 조용해진 뒤에야 재중은 주변을 둘러보았다. 그리곤 잠시 동안이지만 가만히 서서 눈을 감고 자신이 돌아왔다는 것을 다시 한 번 되새겼다.

물론 겨우 몇 분 정도이지만 말이다.

*　　　*　　　*

"흠, 사고인가?"

재중은 최소한 이곳이 어딘지 정확하게 알아야 한다는 생각에 높은 곳에서 주변을 둘러보다가 도로가 있는 것을 보고는 그쪽으로 방향을 잡고 나무 꼭대기 사이로 이동하던 중이었다.

얼마나 움직였을까?

처음 차원이동으로 도착한 곳에서 벗어나 도로가 보이는 곳에 도착했다고 느꼈을 때쯤이었다.

쿵!

일반적인 사람은 절대로 들을 수 없는 소리가 귀를 간질이는 바람에 재중의 발걸음이 자연스럽게 멈춰 버렸다.

방금 소리가 어떤 소리인지 정체를 짐작한 재중은 고민하기 시작했다.

이곳은 인가는커녕 작은 휴게소조차 없는 곳이기에 이런 소리가 난다면 거의 십중팔구 교통사고뿐이었으니 말이다.

"쩝, 그래도 지구로 돌아온 첫날인데 이런 것을 무시하면 뒤가 찜찜하겠지?"

듣지 못했다면 모를까, 이미 들어버린 것을 무시하기에는 기분이 그래서 결국 방향을 틀었다. 순식간에 방금 서 있던 나무 꼭대기에서 모습이 사라진 재중은 어느새 저 멀리서 움직이고 있었다.

평지보다 빠르게 나무 위로 이동한 재중이 도착한 곳에는 역시나 예감대로 좁은 도로의 가드레일이 종이처럼 찢겨져 있었다. 차는 도로 옆의 비탈 아래쪽으로 뒤집혀 진 채였다.

"살아 있군."

거리상 거의 100미터 넘게 떨어져 있지만 재중의 감각에는 뒤집힌 차 안에서 미약하지만 살아 있는 사람의 심장 소리가 느껴졌다.

딱 봐도 이곳은 외진 곳이다.

감각에 느껴지는 미약한 심장 소리를 보면 이대로 재중이 무시할 경우 길어봐야 한 시간 안에 숨이 멈출 것이다.

사실 재중은 무시할 수도 있었다.

남의 일에 신경 쓸 여유가 없는 게, 지구로 돌아온 이상 헤어진 여동생을 찾아야 한다는 생각에 어느 정도 조바심도 생긴 상태였으니 말이다.

하지만 교통사고라는 것을 안 순간 그럴 수가 없었다.

자신의 부모님도 교통사고로 돌아가시지 않았는가. 사고로 부모를 잃은 과거의 기억이 결국 재중의 발목을 붙잡은 셈이었다.

"내 능력 밖이라면… 운명이겠지."

재중은 가서 살펴보고 살릴 수 있다면 살려주기로 마음 먹었다.

하지만 그도 신이 아닌 이상 자신의 능력을 벗어날 정도로 심하게 다쳤다면 오히려 고통 없이 죽여 버릴 생각이다.

고통 속에 죽음을 경험하는 것만큼 무서운 것도 없으니 말이다.

재중이 생각하는 가장 이상적인 죽음이란 고통 없이 편안하게 죽는 것이었다.

대륙에서 그동안 자신이 보아온 죽음은 모두 고통과 공포뿐이었기에.

우연히 만난 인연이긴 하지만 최소한 살아날 가망이 없다면 고통 없이 보내주는 것이 최소한의 도리라고 생각했다.

가볍게 뛰어오른 재중은 뒤집힌 차 곁으로 다가갔다.

"흐윽… 흐윽… 흐윽… 쿨럭……."

재중이 다가가자 가쁜 숨소리가 들리면서 심장 소리가 갑자기 느려지기 시작했다. 재중은 빠르게 차 옆으로 가서 찌그러진 문짝을 그대로 손으로 잡고 뜯어버렸다.

우지끈!!

재중은 문짝을 그대로 뒤로 던져 버렸다.

쿵!!

문을 뜯어낸 뒤 안을 보니 운전석의 남자는 이미 심장 소리가 느껴지지 않았다. 재중은 기척이 느껴지는 뒷좌석을 보았다.

잔뜩 몸을 웅크린 채 기절해 있는 여자, 그리고 그녀의 품에 안겨 있는 아기를 보고는 뒷좌석의 문까지 뜯어서 저 멀리 던져 버리고는 끄집어냈다.

"아기는… 이상 없군."

그저 손가락 하나를 아기의 이마에 살짝 가져다 댔을 뿐이지만 단 일 초 만에 아기에게는 전혀 이상이 없다는 것을 확인할 수 있었다.

"테라."

―네, 마스터.

재중이 부르기를 기다렸다는 듯 곧바로 튀어나온 테라는 느닷없이 자신의 손에 아기를 넘기자 놀란 듯했다.

―제가요?

"그럼 흑기병에게 맡길까?"

―쳇, 알았어요. 깡통 녀석이 아기를 안는 순간 다칠 테니……

기껏 불러서 아기를 넘기는 것에 살짝 심통이 났는지 툴툴거리긴 했지만 테라는 조용히 아기를 받아 안아 들었는데 의외로 능숙했다.

―부러진 갈비뼈가 심장이랑 폐를 깊게 찔러서… 곧 죽
겠는데요?

그저 쳐다보는 것만으로도 지금 재중의 품에 안겨 있는
여자의 상태가 어떤지 단번에 파악한 테라의 말에 재중은
조용히 고개를 끄덕였다.

"알아."

아기의 상태를 확인하던 것과 같이 재중은 여자의 이마
에도 살짝 손가락을 가져다 댄 것만으로 지금 여자의 상태
가 어떤지 파악했다.

―살릴 거예요?

테라는 굳이 다 죽어가는 여자 살릴 필요가 있느냐는 듯
물었지만 이미 재중의 손은 그녀의 블라우스를 찢고 있었
다.

부우우욱!!

재중은 그녀의 가슴을 가리고 있던 속옷까지 잡아 뜯고
는 서슴없이 갈비뼈가 찌른 심장과 폐 바로 위에 손바닥을
올려놓았다.

그러자 신기하게도 재중의 몸속에 있던 나노 오리하르콘
이 마치 살아 있는 듯 모공을 통해 밖으로 나와 죽어가는
그녀의 몸속으로 침투하기 시작했다.

사실 아기의 상태를 손가락만 이마에 대고 알 수 있었던

것도 모두 재중이 몸속에 있는 나노 오리하르콘을 조정했기에 가능했다.

나노 오리하르콘은 이미 재중의 몸 속에서 하나가 되어 완벽하게 녹아든 상태였다.

"쿨럭!!"

재중이 그녀의 가슴에 양손을 올려놓고 몇 초나 지났을까? 제법 많은 양의 검붉은 피가 입에서 튀어나왔다.

그런 그녀의 모습을 본 테라는,

―역시… 살아났네요.

라는 말과 함께 피식 웃었다.

죽어 검붉게 변한 피가 입을 통해서 밖으로 나왔다는 것은 재중의 나노 오리하르콘이 빠르게 치료하고 있다는 증거였으니 말이다.

대륙에 있을 때도 재중은 가끔이지만 이렇게 사람을 살린 적이 몇 번 있었다. 때문에 테라에게는 당연한 일이지만 다른 사람이 봤다면 기절초풍할 일이었다.

손만 댔는데 부러진 갈비뼈가 찌른 심장과 폐를 치료한다는 건 있을 수 없는 일이지 않은가. 뿐만 아니라 대상자는 당장 병원으로 옮기는 도중에 죽어도 전혀 이상하지 않는 상태였다.

"끝났군."

재중은 불과 1~2분 만에 그녀의 갈비뼈를 원래 상태로 돌려놓았을 뿐만 아니라 그녀의 심장과 폐도 말끔하게 치료를 끝내 버렸다.

재중의 몸을 빠져나간 나노 오리하르콘이 수술하듯 그녀의 뼈와 폐, 심장의 세포를 치료한 것이다.

손을 떼자 기다렸다는 듯 테라가 슬쩍 다가왔다.

―사람을 부를까요?

"그래."

우선 당장 죽을 고비는 넘겼기에 더 이상 위험할 것은 없지만, 아기 때문에 어쩔 수 없이 차를 부르고 기다리기로 했다.

이제 막 치료가 끝난 여자가 정신을 차리려면 최소 반나절은 지나야 할 것이다. 그러니 기껏 치료해 놓고 두고 간다면 살렸다가 다시 죽이는 것이나 마찬가지였으니 말이다.

테라는 재중의 말에 사람을 부르려고 습관적으로 하늘로 손을 뻗어 신호탄과 같은 역할을 하는 마법을 쓰려다가 멈췄다.

―근데… 여기에서 마법으로 신호탄을 쏴도 사람들이 올까요?

이곳은 대륙이 아니라 마법이 없는 지구였기에 테라가

슬쩍 물어봤다.

"아, 그렇지."

재중도 그제야 실수를 깨닫고는 주변을 살피기 시작했다.

당연히 현대 지구 사회에서 필수적으로 가지고 다니는 휴대폰이 어딘가에 있을 것이 분명하기에 찾아보았으나 보이지 않았다.

기절해 있는 여자의 주머니에도 손을 넣어 찾았지만 보이지 않았다.

결국에는 차 안으로 들어가서 몇 분 동안 뒤지고 나서야 겨우 폰 같은 것을 찾을 수 있었다.

한데 문제가 생겼다.

"이건 뭐지?"

휴대전화인 것은 분명한데 커다란 액정에 번호가 쓰인 키패드도 없고 재중이 알고 있던 휴대폰과는 그 모습이 많이 달랐던 것이다.

―마스터, 이게 그 휴대폰이라는 거예요? 신기하게 생겼네. 마력이 전혀 느껴지지 않는데.

테라는 재중이 들고 있는 것이 휴대폰이라는 것을 눈치껏 알고는 호기심 가득한 눈으로 쳐다봤다.

하지만 사실 재중도 난감했다.

어떻게 화면을 켜긴 했는데 5인치 정도 되는 커다란 화면에 쓰인 '패턴을 입력하세요' 라는 글자가 재중을 당혹하게 했다.

"이건 뭐지?"

사실 재중은 스마트폰이라는 것을 처음 봤으니 이런 반응이 당연했다.

재중이 지구를 떠나 대륙에 있다가 다시 돌아오긴 했지만 아무리 마법이라도 만능이 아니었으니 시간적 괴리가 생길 수밖에 없었다.

아직 재중은 모르고 있지만, 재중이 사라진 뒤 무려 10년이나 시간이 흐른 뒤에 도착했으니 말이다.

재중은 순간 당황하긴 했지만 침착하게 살펴보다 보니 '긴급통화' 라는 것을 발견할 수 있었다.

모든 휴대폰은 개통이 끊기더라도 긴급통화는 할 수 있다는 것을 들은 적이 있기에 혹시나 하는 마음으로 눌렀는데 통화가 되었다. 그걸로 우선 119를 불렀다.

―신기하네요. 저런 마력도 느껴지지 않는 물건으로 먼 곳과 통화를 할 수 있다니. 헤에~

역시나 마법사 아니랄까 봐 스마트폰에 엄청난 호기심을 느낀 테라는 119를 부른 뒤 내버려 둔 폰을 슬쩍 주워서는 요리조리 만지작거리기 시작했다.

그런데 그런 테라를 본 재중이 따끔하게 한마디 했다.

"그거 아공간에 넣으면 한 달간 소환 금지."

뜨끔!

─헤헤헤, 절대로~ 슬쩍하려고 한 건 아니에요. 그냥 궁금해서 본 거예요. 헤헤헤헤.

테라는 슬쩍 손을 뒤로 돌려서 조그마하게 아공간을 열어 스마트폰을 집어넣기 직전에 걸리자 황급히 앞으로 내밀면서 호들갑을 떨었다.

"테라, 나중에 하나 사줄게."

재중도 테라가 마법사이다 보니 호기심을 이기지 못하고 신기한 것은 우선 모으고 보는 습성을 가진 것을 알았다. 때문에 적당히 주의만 줬다.

그러기를 대략 30분 정도 지났을까?

재중의 귀에 요란한 사이렌 소리가 들리더니 잠시 뒤 언덕 너머로 넘어오는 구급차가 보였다.

"왔군."

재중 일행은 현재 위치를 몰라 그냥 산속의 도로라고 했을 뿐인데 구급차가 정확히 위치를 찾아왔다.

그 모습이 조금 이상할 법도 했지만 왔으면 됐다는 생각에 재중은 큰 의문 없이 가볍게 넘겨 버렸다.

구급차가 왔으니 이제 빠져야 할 때였다.

재중은 조용히 자신이 찢어버린 블라우스 대신 차 안에서 코트를 꺼내 덮어주고는 그녀의 품에 아기를 두고 발걸음을 돌렸다.

어찌 보면 재중에게는 그저 단순한 변덕일 뿐이다.

하지만 이제 막 세상의 빛을 본 지 얼마 되지 않은 아기가 부모 없이 자란다는 게 얼마나 큰 고통인지 누구보다 잘 아는 재중이다.

그렇기에 이미 죽어버린 남자 쪽은 어쩔 수 없지만 숨이 붙어 있는 여자는 살린 것이다.

아기를 살리려고 자신의 몸을 던지면서까지 그토록 아기를 감쌌다면 어미가 분명할 테니 말이다.

"테라."

재중이 나직이 테라를 불렀다. 테라는 살짝 심통이 났는지 뾰로통해 입술을 내밀었지만 조용히 재중의 그림자 속으로 들어갔다.

대륙에서도 재중이 테라나 흑기병을 부를 경우는 오직 드래고니안과 싸울 때뿐이었다.

이외에는 소환하지 않았기에 테라가 재중에게 이렇게 애교 아닌 애교를 떠는 것도 나름 마스터와 친해지기 위한 행동이었다.

물론 재중도 그걸 알기에 웬만하면 그냥 받아주거나 넘

어가 주는 편이었다.

하지만, 대륙에서는 재중이 이미 영웅이라는 칭송을 받던 위치에 있었고 테라의 존재도 알려져 있어서 별상관이 없지만 이곳 지구는 상황이 다르다. 그렇기에 우선은 혼자 움직이기로 한 것이다.

무엇보다 흑기병이야 솔직히 걱정하지 않지만 테라는 마법사 특유의 호기심과 그놈의 성격 때문에 무슨 사고를 칠지 모르니 걱정되는 마음도 어느 정도 작용했다.

탁!

미련 없이 땅을 박차고 뛰어 오른 재중은 처음 자신이 뛰어내렸던 나무 꼭대기 가지 위에 사뿐히 내려서서 구급차에 실려 가는 여자의 모습을 마지막으로 확인하고는 고개를 돌렸다.

그런데 10년이라는 시간을 한꺼번에 뛰어넘어서였을까?

현재의 상황을 모르는 재중은 부주의한 실수를 저질렀다.

재중은 아무도 보는 사람이 없을 것이라고 생각했지만 뜻밖에도 재중이 여자를 치료하고 여타 조치를 취하는 모습은 모두 녹화가 된 상태였다.

바로 차량용 블랙박스로 말이다.

블랙박스는커녕 스마트폰이라는 것조차도 없던 시대에

살던 재중이다.

대륙으로 넘어갔다 다시 돌아오니 10년이 훌쩍 지나 버린 상황이기에 차량용 블랙박스는 아예 존재조차도 몰랐던 것이다.

Chapter 03
고아원

재중귀환록

"많이 낡았구나."

　어둠이 내린 그림자 속에서 재중이 모습을 드러낸 곳은 낡은 담벼락이 가장 먼저 시선을 사로잡는 곳이었다.

　제법 외지에 지어진 건물이기에 사람의 왕래가 그리 많지 않은 편이었고, 그렇기 때문인지 가로등도 드문드문 설치되어 어둠이 내리면 손전등 없이는 길을 걷기가 꽤 힘들었다.

　하지만 재중은 이곳의 지리를 너무나 잘 알고 있었다.

　물려받아야 할 재산을 탕진한 삼촌이라는 녀석이 자신과

여동생을 맡긴 곳이 바로 이곳이었으니 말이다.

그래도 그때는 아이도 제법 많았고 나름 지원 물품도 많이 왔기에 이 정도로 낡진 않았다.

하지만 지금은 도저히 많은 아이가 생활하는 곳으로는 보이지 않는 엉망인 몰골이다.

거기다 느껴지는 기척이 하나뿐이라는 것이 고아원이 망했을지도 모른다는 생각이 들게 했다.

아이들이 있다면 가끔이라도 점검을 하러 오는 공무원이나 사람들의 시선 때문이라도 이 정도로 낡고 허름하게 해놓고 있진 않을 테니 말이다.

적당히 허름하면서도 깨끗한 이미지를 가지고 있어야 고아원에 돈이 들어오는 법이다.

기부로 모든 것을 해결해야 하는 고아원의 특성상 어쩔 수 없었고, 재중도 너무나 잘 알고 있는 사실이다.

"10년이란 세월 때문인가."

재중은 낡아서 거미줄처럼 금이 가 언제 무너져도 이상하지 않을 담벼락에 슬쩍 손을 가져다 댔다. 그러자 거친 느낌이 다가오면서 여동생과 함께 지내던 추억이 떠올랐다.

산속에서 나와 재중이 도착한 첫 번째 도시는 강릉시였다. 강릉시에 들어간 재중은 가장 먼저 지금 자신이 몇 년

도에 도착했는지부터 확인했다.

그냥 길 가는 사람 붙잡고 물어보면 됐기에 알아내는 것은 그리 오래 걸리지 않았다.

물론 자신이 대륙으로 떠났던 그날로부터 무려 10년이나 지났다는 것을 알았을 때는 약간 놀라긴 했지만 이미 차원 이동 스크롤을 사용하기 전에 베르벤으로부터 들은 이야기가 있었다. 약간의 시간적 괴리는 어느 정도 각오하고 있었기에 금방 잊어버렸다.

다만 10년이라는 시간이 지났어도 그 녀석이 살아 있는지 그게 가장 궁금했기에 곧바로 쉬지 않고 달려 도착한 곳이 바로 이곳이다.

"화목 고아원⋯⋯. 크크큭, 거지 같은 이름이야."

환한 모습이 아니라 대문의 페인트칠이 반쯤 벗겨져 을씨년스러운 낡은 고아원의 현판을 보면서 자신도 모르게 주먹에 힘이 들어가는 재중이다.

나이 어린 고아를 다른 고아원에 팔아서 재산을 불리던 녀석이다.

고아를 사고판다는 것은 재중이 여동생을 찾기 위해 고아원을 뛰쳐나와 거리를 헤매다가 우연히 듣고서야 알았다. 그제야 재중은 어째서 원장이 처음에 자신을 그토록 집요하게 찾으려고 했는지도 이해가 되었다.

원생을 사고파는 것은 불법이다.

어떻게 보면 인신매매나 마찬가지였으니 말이다.

그리고 그렇게 돈에 여동생도 팔려갔다.

힘없고 어리고 아는 것 없던 시절, 그렇게 고생하면서 찾아다녔지만 결코 찾을 수 없었던 동생이다.

하지만 이제는 상황이 달라졌다.

힘? 원한다면 당장에 한 국가를 뒤집는 것도 가능했다.

그리고 이제 그 힘을 가졌기에 찾아올 수 있는 곳이기도 했다.

여동생을 팔아넘긴 고아원 원장이라는 녀석에게 말이다.

"최태식."

꿈에도 잊을 수 없는 이름이다.

대륙에서도 일부러 몇 번씩이나 되새기면서 곱씹던 이름이다.

결코 잊을 수도 잊어버려서도 안 되는 이름이다.

무엇보다 최태식 그 녀석만이 여동생의 행방을 알 수 있는 열쇠를 쥐고 있다.

뜻하지 않게 10년이라는 시간이 지났지만 그런 것은 아무래도 좋았다.

여동생을 찾기 위해서라면 무엇이든 할 것이다.

만약에 여동생에게 무슨 일이라도 생겼다면 그와 관련된

모든 것을 지워 버릴 것이다.

이 세상에 살았던 흔적조차 남지 않게 말이다.

스르륵.

희미한 가로등 불빛을 살짝 벗어나 어둠 속으로 걸음을 옮긴 재중의 몸이 마치 녹아들 듯 그림자 속으로 사라져 버렸다.

그리고 다시 나타난 곳은 정확하게 원장실, 최태식이 머무는 곳이다.

"후훗."

재중은 세상모르고 곤히 잠들어 있는 최태식을 보면서 천천히 다가갔다.

그의 늙은 얼굴이 가장 먼저 눈에 들어왔다.

어린 시절 기억하던 모습에서 조금 더 주름이 지고 살이 많이 찐 모습. 그런 그의 얼굴을 본 재중은 입가에 미소를 짓더니 그대로 자고 있던 최태식의 목을 움켜잡았다.

"캑, 캑캑캑!"

느닷없이 자다가 목이 잡히자 화들짝 놀란 녀석이 눈을 번쩍 떴지만 어둠 속의 재중이 보일 리가 없었다.

목을 조르고 있는 재중의 손아귀에서 벗어나려고 발버둥 치기에 바쁠 뿐이다.

"오랜만이야, 최태식."

"쿨럭쿨럭! 누, 누구냐? 누구길래 내 이름을… 쿨럭! 캑캑!"

진득한 살기가 가득한 목소리에 발버둥치던 최태식의 몸이 한순간 뻣뻣하게 굳었다.

상대가 누군지 알아보려는지 어둠 속에서도 거슴츠레 눈을 뜨고는 재중을 쳐다봤지만 알아볼 리가 없었다.

재중이 고아원을 뛰쳐나갔을 때가 열세 살이었으니 알아본다면 그게 더 이상한 일이다.

"나 선우재중. 기억나?"

"캑캑… 선우… 재중? 그게… 누구냐!"

재중이 대륙으로 떠나 있다 온 10년에 고아원을 뛰쳐나가서 흐른 세월까지 합치면 대충 20년이다.

당연히 최태식이 자신을 기억하고 있으리라고는 생각하지 않았다.

그저 돈벌이용으로 키우던 고아를 사고팔던 녀석에게서 재중을 기억하는 기적이 일어날 리가 없었다.

아니 그런 기대조차 하지도 않았었다.

다만 여동생을 어느 고아원에 팔았는지만 알아내면 되었다.

"네놈이 팔아버린 선우연아, 어디로 팔았는지만 말해."

멈칫!

"뭘… 무슨 말이야? 캑캑! 팔다니… 어디서… 그런 말… 캑!!"

순간 최태식의 몸이 움찔거렸지만 역시나 예상대로 거짓말을 술술 늘어놓는다. 최태식의 발뺌하는 모습에 순간 짜증이 치밀어 오른 재중은 그를 그대로 벽으로 던져 버렸다.

쾅!!!

"쿨럭!! 쿠엑!!"

마치 전기에 감전된 개구리처럼 온몸을 바들바들 떨고 있는 최태식의 모습에도 재중은 무표정하기만 했다.

그리고 천천히 다가간 재중이 이번에는 녀석의 머리를 한 손에 움켜쥐고는 그대로 들었다.

허공에 발이 대롱거리도록 말이다.

"기억나지 않나? 아니면 그동안 너무나 많은 아이를 팔아먹다 보니 잊어버린 건가?"

"쿨럭! 네, 네놈은 누구냐? 누구길래… 고아원에 와서 이런 짓을… 하는 것이냐?"

어림잡아 몇 년은 어린애가 살던 흔적조차 없는 이런 곳을 아직도 고아원이라는 이름을 내세워서 재중을 윽박지르는 모습에 구역질이 났다..

그리고 그런 구역질 나는 모습에 다시 집어 던질까 하던 재중이 다시 물었다.

"선우연아, 어디에 팔았어? 그것만 말해. 난 다른 건 관심 없으니까."

"쿨럭! 무슨 소리냐니까! 난 그런 거 모른다!"

최태식은 내심 찔끔했지만 모르는 척 외쳤다.

자신만 입 다물면 그 누구도 알 수 없는 일이다.

고아들이 움직이는 것이야 고아원끼리 서로 이야기해서 넘겨받는 경우가 너무나 흔했으니 말이다.

지금 자신을 이렇게 압박하는 녀석이 누군지는 모르지만 끝까지 발뺌할 생각인 최태식은 피를 흘리면서도 모른 척하기로 했다.

그런데 끝까지 발뺌하는 최태식의 모습에 오히려 재중의 입가에 미소가 진하게 그려졌다.

"크크크큭, 너무나 고마워."

"뭐, 뭐가 말이냐?"

한순간 강하게 압박하던 보이지 않던 힘이 사라진 것을 느낀 최태식은 오히려 불안감이 느껴져 물었다.

"네놈이 살아 있어줘서 말이야. 그리고……."

슬쩍 말을 흘린 재중은 천천히 최태식의 얼굴에 가까이 다가가 그의 귓가에 대고 속삭였다.

"네놈이 죽여도 괜찮은 녀석이라서 말이야."

섬뜩!

마지막 말을 듣는 순간 최태식은 온몸을 관통하듯 소름이 끼쳤다. 그제야 상대가 진심이라는 것을 느꼈는지 다급히 말했다.

"잠시만! 잠시만! 말해줄게! 모든 걸 다 말해줄게!"

본능이었다.

말하지 않고 고집 부리면 죽는다는 것을 느낀 것이다.

획!

털썩!

재중은 다시 던지듯 최태식을 놓아버리고는 주저앉아 있는 그에게 천천히 다가가 얼굴을 바싹 내밀었다.

"지금부터 20년 전, 당시 나이 여덟 살이던 선우연아를 어디에 팔았지?"

"잠시만. 20년 전이면 나도 시간이 필요하단 말이오. 조금만 생각할 시간을……."

씨익.

사실 갑자기 쳐들어와서 20년 전에 팔아먹은 여자애를 찾아내라고 한다면 그게 쉬울 리가 있겠는가? 최태식은 억울했다.

물론 그게 재중에게 먹힐 리 없었지만 말이다.

"생각? 크크크큭, 그러기에는 내가 너무 오래 기다려서 말이야. 테라."

재중이 나직하게 중얼거리자 재중의 등 뒤에서 검은 그림자가 솟아나더니 굉장한 미녀가 모습을 드러냈다.

그런데 참 웃기게도 최태식은 이런 상황에서도 테라를 보는 순간 눈동자가 흔들리면서 남자로서의 본능이 꿈틀대는 눈빛을 보였다.

물론 재중은 그런 최태식의 눈빛을 모를 리가 없었다.

테라의 미모는 누구보다 재중이 잘 알고 있고, 더불어 이미 대륙에서도 테라의 미모에 혹해서 처리한 녀석이 한둘이 아니었으니 말이다.

"난 고문이나 그런 걸 잘 못해. 하지만 이 녀석은 반대로 그런 것을 너무 잘하거든?"

"꿀꺽."

고문이라는 말에 최태식은 설마 하는 생각에 마른침을 삼켰다. 뒤늦게야 상대가 어설프게 해서는 안 되는 상대라고 느꼈는지 애써 억지로 웃으면서 말했다.

"내, 내가… 찾을 수 있을 것이네. 기록을 보면… 그러면…….."

—마스터, 거짓말이에요.

"알고 있어."

재중도 지금 최태식이 이 순간을 벗어나기 위해서 거짓말을 하고 있다는 것을 알고 있었다.

이건 거짓말 탐지를 하는 마법도 필요 없었다.

애초에 재중이 알고 있는 최태식이라는 인간이 이런 인간이었다.

자신의 이익을 위해서는 무엇이든 할 수 있는 인간 말이다.

그리고 최태식의 이런 거짓말에 속기에는 재중이 너무나 많은 것을 알고 있었다.

씨익~

재중이 웃자 최태식은 자신의 말을 믿어주는 것으로 생각했는지 덩달아 웃었다. 하지만 다음 순간, 최태식은 몸이 뻣뻣해지며 굳어가는 것을 느꼈다.

"기억해 내야 할 거야. 아니면… 살아 있는 것을 후회하게 될 테니."

그 말과 함께 재중이 일어서더니 뒤돌아 버렸고, 테라가 웃으면서 다가왔다.

"아가씨, 그냥 말로 하면…….."

덥석.

"헉!!"

작다고 생각했던 테라의 손이 최태식의 머리를 움켜쥐었다. 작은 여자의 손에 머리가 잡혔다는 것에 놀란 최태식의 눈동자가 심하게 흔들리기 시작했다.

"으으으으으으으으으으아아아악!!"

털썩!

겨우 10분이었다.

최태식이 테라의 일루전 마법에 의해 고문을 받으면서 버틴 시간이 말이다.

최태식은 환상 속에서 손가락 마디 하나하나가 잘렸다. 그래도 발가락부터 발목에 이어 무릎까지 잘리는 동안에는 의외로 버티는 편이었다.

하지만 커다란 도끼가 남자의 상징을 자르는 환상에 결국 이성이 무너져 버렸다.

동서고금을 통틀어 남자는 차라리 죽으면 죽었지 고자가 되는 것만큼 무서운 것이 없다.

이성이 무너진 최태식은 그때부터 테라가 물어보는 모든 것을 술술 말하기 시작했다.

그런데 역시나 오랜 시간이 지나서인지 기억이 불확실했다.

선우연아를 입양하는 방식으로 해서 누군가에게 팔았다는 것은 확인할 수 있었는데, 누구에게 팔았는지는 도무지 알 수가 없었다.

―마스터, 더 이상은 소용없어요.

실실 웃으면서 완전히 지능 자체가 유아기로 돌아가 버

린 최태식의 모습에 테라가 일어서며 재중을 돌아보았다.

테라가 알아낸 말을 듣고서야 재중은 그동안 자신이 그렇게 찾아 헤매고 다녔지만 왜 여동생을 찾을 수가 없었는지 이제야 이해가 되었다.

입양되었다면 고아원을 찾아다닌 자신이 찾을 수 있을 리가 없었다.

어째서 동생을 찾기 위해서 의뢰했던 곳에서도 실패했다는 대답만 돌아왔는지도 알게 되었다.

애초에 고아원에 있지도 않은 여동생을 찾아다녔으니 당연했다.

"입양되었다면 이름이든 성이든… 아니, 어쩌면 이름과 성 모두 바뀌었을 텐데."

입양되었다는 사실에 재중의 미간이 찡그려졌다.

자신이 알고 있는 선우연아라는 이름이 이 세상에 없을 가능성이 높았다.

입양이란 것은 솔직히 고아에게는 유일한 탈출구이자 인생 역전의 기회이기도 했다. 하지만 그와 함께 과거 자신의 이름을 모두 버릴 수밖에 없었다.

보통은 입양하면서 이름과 성을 모두 바꿔 버리는 것이 대부분이었으니 말이다.

불끈!

하지만 그렇다고 포기할 수는 없었다.

행복하게 살고 있다면 굳이 연아의 곁에 머물 생각이 있는 것도 아니다.

이미 너무나 많은 세월이 흘러버렸으니 말이다.

어림잡아 지금 연아의 나이는 28살 정도일 것이다.

그 정도 나이면 보통 여자들은 시집을 가거나 갈 준비를 하는 경우가 많다.

어쩌면 일찍 시집가서 잘살고 있을 수도 있다.

그런 동생의 행복에 자신이 끼어들 생각은 애초에 있지도 않았다.

그저 살아 있는지, 어떻게 살고 있는지만 알고 싶을 뿐이다.

어려서 팔려가는 동생을 지켜주지 못한 자신의 울분을 조금이라도 삭이려면 결코 찾는 것을 포기해서도 안 되고, 포기할 수도 없었다.

"우물… 우물… 우물……."

"……?"

―……?

여동생이 입양되었다는 사실에 생각에 잠겨 있던 재중과 그런 재중을 안타깝게 바라보고 있던 테라는 돌연 들려오는 낯선 소리에 고개를 돌렸다. 거기엔 우물이라는 말만 계속 반복하면서 기어가려고 바동거리는 최태식의 모습이 보였다.

"뭐지?"

고통과 충격을 이기지 못하고 지능이 유아기로 돌아가 버린 최태식이다. 그런데도 거의 집착에 가까우리만큼 우물이라는 말만 반복하며 바동거리면서 계속 어딘가로 기어가려고 발버둥치고 있었다.

그 모습을 본 재중이 문득 중얼거렸다.

"설마… 그 버려진 우물을 말하는 건가?"

최태식이 우물이라는 말을 하기 전까지는 재중도 전혀 생각지 못하던 기억이 떠올랐다.

고아원에서 생활할 때 건물 뒤쪽에 우물이 하나 있었다.

어린애가 빠져 죽어 귀신이 나온다고 해서 아무도 가까이하지 않는 곳이었고, 상수도 시설이 건물 안에 들어와 있기에 쓸 일도 없어서 거의 잊고 살았던 곳이다.

그런데 지금 이 상황에서 최태식이 우물을 찾는 것은 누가 봐도 이상했다.

"……."

재중은 바로 우물로 갔다. 잠겨 있던 뚜껑을 부숴 버리자 안에서 사과 상자 크기만 한 상자가 보였다.

상자를 꺼내 열어본 재중은 할 말을 잃어버렸다.

"…모두 금이야!"

1kg의 규격으로 만들어진 금괴가 커다란 사과 상자 가득 들어 있었던 것이다.

사과 상자 크기에 가득 채워진 금괴를 보자 어째서 최태식이 어린애 하나 없는 이 고아원에 혼자 계속 남아 있었는지 이해가 되었다.

사실 외지고 사람의 발길이 오가기 힘든 지형의 이곳에 최태식 혼자 머물고 있는 것이 조금 이상했다.

모르는 사람이 보면 무너져 가는 고아원을 지키기 위해서 고군분투하는 모습으로 비칠 수도 있지만 그의 본성을 아는 재중으로서는 이상하게 여길 수밖에 없었다.

물론 사소한 일이기에 크게 신경 쓰지 않았지만 말이다.

하지만 금괴를 보는 순간 악착같이 이곳에서 지낸 것이 이해가 되고도 남았다.

덥석.

상자 안의 금괴 하나를 집어 든 재중은 금괴를 보면서 말했다.

"몇 명의 아이를 팔아야 이런 금괴 하나를 살 수 있을까?"

최태식이 돈을 버는 방법은 오직 하나, 고아를 사고파는 것뿐이었다.

다른 고아원이든 입양이든 돈만 주면 서류를 만들어서라도 사고팔았다.

상대가 누구인지조차 알 필요가 없었다.

오로지 돈을 주면 어린애를 팔았다.

마음 같으면 최태식이 그동안 팔았던 고아들을 찾아서 이 금괴를 모두 돌려주고 싶었지만 현실적으로 불가능했다.

대륙에서 돌아오면서 생긴 10년이라는 시간적 괴리 때문에 찾고 싶어도 찾을 방법이 없었으니 말이다.

거기다 최태식이 더 이상 사람으로서 구실을 못하게 된 것도 어느 정도 이유가 되었다.

"이걸 아공간에 보관해 줘야겠다."

재중이 손짓으로 금괴 상자를 가리키자 테라가 기다렸다는 듯 상자에서 금괴 하나를 집어 들었다.

─오, 순도가 굉장히 높은 금괴인데요?

테라는 마법사답게 금괴 하나를 집어 들어 만져보는 것만으로 금괴의 순도가 굉장히 높다는 것을 알아차렸다.

제련술 중에서 금을 추출해서 금괴를 만드는 기술이 엄청난 발전을 이룬 것이 사실이다.

왜냐하면 돈이 되었으니까.

과학이 발전하고 자본주의가 지배하는 이곳 지구는 돈이

되는 것과 돈이 되지 않는 것으로 나눠졌다.

그중에서 금은 자본주의의 기본이라고 해도 과언이 아닐 것이다.

그런 금괴를 만드는 기술이 발전하지 않는다면 그게 오히려 더 이상했다.

—맘대로 써도 되는 건가요?

특유의 호기심이 고스란히 드러난 눈빛으로 재중을 바라보는 테라의 모습에 재중은 고개를 흔들면서 답했다.

"나중에는 되돌려 줘야 하는 것이야."

—호옹~ 그럼 우선은 써도 되는 거네요?

정확하게 금괴가 어떤 것인지 파악한 테라의 말에 재중은 피식 웃으면서 대답했다.

"당장은 그렇지."

—알겠어요. 그럼~

테라의 손이 한 번 움직이자 재중의 발치에 있던 금괴 상자가 땅속으로 스며들 듯 천천히 사라져 버렸다.

—마스터~

마치 고양이가 다가오듯 슬쩍 재중의 옆에 와 팔짱을 낀 테라는 올려다보면서 말했다.

—찾을 수 있을 거예요. 분명히.

"…그래, 찾아야지."

테라의 말에 한숨과 함께 대답한 재중의 목소리에 힘이 없었다.

힘만 가지면 당장에라도 찾을 수 있을 줄 알았던 여동생의 행방이다.

하지만 정작 현실은 그렇지 못하다는 것에 재중은 기운이 빠진 것이다.

누군지도 모르는 사람에게 그저 최태식이 만족할 만한 돈을 줬다는 이유로 선우연아를 입양하는 방법으로 팔아버렸으니 사실상 찾는 게 힘들게 되었다.

너무 오랜 시간이 지나 버린 탓도 있지만, 무엇보다 선우연아가 얼마나 변했을지 지금의 재중은 전혀 알 길이 없었다.

재중이 기억하는 선우연아의 얼굴을 여덟 살 때 모습뿐이기에 성인이 된 얼굴은 짐작조차 하기 힘들었다.

—마스터.

"응?"

한숨과 함께 밤하늘을 바라보는 재중의 모습을 물끄러미 쳐다보던 테라가 슬그머니 재중의 품에서 빠져나오며 말했다.

—여동생 분의 얼굴을 저에게 보여주세요.

"얼굴?"

―네.

그러고 보니 여동생의 이야기는 자주 했지만 재중이 테라나 흑기병에게 여동생이 어떻게 생겼는지 보여준 적은 없었다.

사진도 가지고 있지 않은 것도 있지만 그만큼 정신없이 살아오기도 했다.

"알았다."

뜬금없는 테라의 요구에 재중은 손바닥을 하늘로 향하게 한 뒤 잠시 정신을 집중했다.

자신이 기억하는 여덟 살의 선우연아의 얼굴을 떠올리기 위해서이다.

그런데 재중의 기억이 선명해질수록 재중의 손바닥에 은빛의 가루가 생겨나더니 마치 살아 있는 듯 서로 뭉치기 시작했다.

츠츠츠츠츠츠츳!

별빛과 달빛이 전부인 이곳에 마치 등불을 밝히듯 재중의 손바닥 위에서 춤추던 빛 가루가 서로 뭉쳐갔다.

그러기를 얼마나 지났을까?

빛이 잠시 사라질 듯 약해지더니 재중의 손바닥 위에 별빛을 닮은 커다란 눈동자에 아직 젖살이 빠지지 않아 통통한 볼 살과 함께 누가 봐도 귀엽고 예쁘장한 여자애 얼굴

모양을 한 두상이 만들어졌다.

　그리고 눈을 감은 재중이 천천히 눈을 뜨자 마치 모래가 무너지듯 얼굴이 사라져 다시 빛 가루로 변해 재중의 몸속으로 사라져 버렸다.

Chapter 04
여동생을 찾아서

—나노 오리하르콘으로 만드신 거죠?

"응."

재중이 마음먹기에 따라 그 어떤 형태로도 변할 수 있는 나노 오리하르콘은 본래 대륙에서 드래고니안을 상대로 싸울 때 방패이자 검으로 사용하던 것이다.

몸속에 있다가 상황에 따라 갑옷으로, 때로는 검으로, 때로는 방패로 변하였으며 드래곤 블러드를 받아들여 살아남은 재중에게는 이제 없어서는 안 되는 것이었다.

그리고 이제는 재중이 명령에 따라 움직이기도 했다.

비록 너무나 작아 눈에 보이지도 않을 만큼 아주 작은 한 조각의 나노 오리하르콘일지라도 재중의 명령 하나로 회수할 수 있을 만큼 능숙해진 것이다.

방금 재중은 그런 나노 오리하르콘을 이용해서 자신의 기억 속에 있는 선우연아의 얼굴을 잠시 만들었다가 사라지게 했다.

ㅡ어디 보자.

갑자기 재중이 만든 선우연아의 얼굴을 유심히 보았던 테라는 허리에 차고 있던 마도서를 꺼내 살펴보더니,

ㅡ찾았다!

큰 소리로 말하곤 곧바로 마법을 실행했다.

ㅡ기억의 소생이여, 만물의 영혼이여, 흐름을 관장하는 그대에게 명하노니 내가 원하는 모습으로 보이거라!

딱히 큰 마법은 아닌 듯했기에 재중은 우선 가만히 지켜보기로 했다.

보기에는 약간은 푼수 같은 행동이지만 대륙에서 마법에 관해서라면 드래곤도 한 수 접어준다는 테라였다.

아니, 어쩌면 당연했다.

테라가 가지고 있는 저 마도서가 바로 초대 드래곤 로드의 모든 지식을 담은 책이었으니 말이다.

슈아악!

테라의 주문이 끝나자 갑자기 밝은 빛이 잠깐 반짝였다 사라졌고, 그렇게 빛이 사라진 자리에는 조금은 귀여운 듯 하면서도 어딘가 보듬어주고 싶은 마음이 드는 미녀의 얼굴이 그려져 있었다.

"……?"

재중이 허공에 그려진 여성의 얼굴을 보면서 영문을 모르겠다는 표정으로 테라를 보았다.

─마스터의 여동생 분의 현재 얼굴이에요.

"응? 현재 연아의 얼굴?"

테라의 말에 재중이 오히려 놀라면서 다시 그림을 쳐다봤다.

─인간은 태어날 때부터 가지고 있는 골격과 함께 자라는 근육의 양이 정해져 있어요. 그걸 마법을 통해 시간 가속을 적용해서 미래의 얼굴을 알아보는 거죠.

"신기하군."

사실 재중은 딱히 마법에 대해서 그리 신기하다는 표현을 잘 하지 않는 편이었다.

어차피 자신의 존재부터가 이미 마법으로 인해 만들어졌다고 해도 과언이 아니었으니 말이다.

하지만 미래의 얼굴을 알 수 있는 마법은 확실히 신기하긴 했다.

사람은 누구나 미래의 얼굴이 어떻게 생겼을지, 어떤 얼굴로 늙어갈지 궁금해하게 마련이다.

물론 살아온 흔적에 따라 얼굴 모습과 분위기가 살짝 바뀌기는 하지만 바탕은 결국 같을 수밖에 없었다.

─어머, 마스터에게 칭찬을 받다니~ 호호호호호!

재중의 반응에 기분이 좋아졌는지 테라가 웃으면서 물어보지도 않았는데 설명을 하기 시작했다.

─이 마법은 생각보다 대륙의 귀족들 사이에서 많이 사용되는 마법이에요, 마스터.

"뭣 때문에?"

귀족들이 사용하는 마법이라고 보기에는 뭔가 공격적이나 위력적인 것도 없었고 영지를 지키기 위한 마법도 아니었다.

그런데 의외로 많이 사용된다는 것에 재중이 고개를 갸웃거렸다.

─잊으셨어요? 대륙의 귀족들은 어릴 때 미리 약혼을 하는 경우가 많잖아요.

"아, 그렇군."

재중은 테라의 말을 듣고서야 이해가 되었다.

아무리 귀족끼리 서로 약혼하는 것이 가문을 위한 것이긴 하지만 이왕이면 예쁘고 잘생긴 사람이 들어왔으면 하는 것이 당연했다.

대륙의 귀족들은 아이가 태어나 다섯 살이 되면 가문의 가주들이 서로 약혼을 하는 것이 일반적이었다.

그리고 그 과정에서 서로 자식들의 얼굴을 스캔해서 마법을 사용해 나중에 성인이 되었을 때의 얼굴을 확인하는 것이다.

물론 못생겼다고 해서 파혼하는 경우는 거의 없지만 이왕이면 다홍치마라고 예쁜 게 좋은 법이니 말이다.

반면 재중은 거의 전투만을 하면서 대륙에서 살아왔으니 이런 소소한 마법을 본 적이 없었다.

전투에는 전혀 도움도 되지 않는 마법을 본다는 것은 시간낭비이기도 했지만, 워낙에 아웃사이더 식으로 테라와 흑기병 외에는 아주 소수의 몇 명을 제외하고는 가까이 지내는 사람이 없었기에 지금 테라가 보여준 마법도 처음 볼 수밖에 없었다.

"고맙다."

재중이 순수하게 마음을 담아 진심으로 테라에게 고맙다고 했다.

─어머, 정말 고마워요?

"그래."

아무것도 아는 것이 없는 지금의 상황에 선우연아의 현

재 얼굴을 알 수 있다는 것은 엄청난 도움이 된다. 재중이 입가에 미소를 지으면서 고개를 끄덕였다.

　―그럼 마스터~ 고마움을 담아서 저에게 키스라… 헙!!

　재중에게 슬쩍 다가와 어떻게든 뽀뽀라도 하려 하던 테라는 느닷없이 자신의 얼굴을 스치는 섬뜩한 느낌에 황급히 고개를 젖혔다.

　―아깝군.

　언제 튀어나왔는지 재중의 그림자 속에서 흑기병의 창이 나온 것이다.

　흑기병의 창은 머리카락 하나의 차이로 테라의 머리를 비껴났다.

　―야, 너! 나 죽이려고 작정했냐!!

　테라는 정말 이번만큼은 자신의 머리에 바람구멍이 뚫릴 수도 있었다는 생각에 눈에 불을 켜고 재중의 그림자를 향해 소리쳤다.

　이에 반응하듯 재중의 그림자 속에서 흑기병이 튀어나오더니 말했다.

　―마스터에게 불경을 저지르면 막는다.

　마치 기계처럼 단답형으로 말하는 흑기병의 모습에 테라는 혀를 찼다.

　―허! 기가 막히네. 마스터에게 뽀뽀 한 번 하는 게 무슨

불경이야, 이 고철덩이야!

찌릿!

하지만 역시나 테라의 천적은 흑기병이었다.

말없이 투구 속에서 쏟아져 나오는 눈빛에 테라는 슬그머니 뒤로 물러났다.

"그만들 싸우고, 이제 슬슬 철수해야겠다."

이곳에 오래 머물러 봐야 흔적만 남을 뿐이다.

재중은 서로 못 잡아먹어서 안달인 둘을 강제로 다시 그림자 속으로 넣어버리고는 홀연히 고아원에서 사라져 버렸다.

*　　　*　　　*

"너, 그 소문 들었어?"

"소문?"

짧게 자른 숏커트가 잘 어울리는 여대생이 친구들에게 무언가 대단한 것을 알려주려는 듯 폼을 잡더니,

"굉장한 카페가 생긴 거 말이야."

"카페?"

"에이, 뭐 카페 가지고 그러냐. 널린 게 카페인데."

대학가에서 가장 흔한 게 술집이라면 2위가 바로 카페

였다.

커피 붐이 일어나면서 갑자기 몇 년 사이에 엄청나게 늘어난 카페는 대기업이 진출하면서 한 건물 건너에 하나씩 있을 만큼 흔해져 버렸다.

당연히 그렇게 흔한 카페가 굉장해 봐야 뭐 별것 있냐는 듯 친구들의 반응이 시큰둥하자,

"오, 노노. 이렇게 소식이 둔해서야, 쯧쯧쯧."

오히려 시큰둥한 친구들을 보며 한심하다는 듯 한숨을 쉰다.

"이런 흔해빠진 카페랑 비교하면 안 되지. 그럼, 안 되고말고."

여대생은 고개를 끄덕이면서 허리에 손을 올렸다.

"백문이 불여일견! 직접 가보자. 내가 왜 굉장하다고 하는지 알려줄 테니."

그러더니 스마트폰을 꺼내 시계를 본다.

"우리 이번에 공강(강의가 없는 시간)이라 잘하면 자리가 있을지도 모르겠다. 얼른! 컴 온, 나의 동지들이여! 내 너희에게 천국의 커피를 마시게 해주마!"

엄청 거창하게 큰소리치는 모습에 친구들은 오히려 그런 그녀를 이상하게 쳐다봤다.

"쟤 남친이랑 싸웠니?"

"마법 걸린 날인가?"

별의별 생각을 다 하지만 어차피 뜻하지 않게 공강이 되면서 시간이 남은 상황이다. 애초에 카페에서 죽치다가 다음 수업에 들어갈 생각이었기에 친구를 따라 발걸음을 옮기기 시작했다.

그런데 친구가 안내하는 곳은 의외로 외진 곳이었다.

좁은 골목을 몇 개 지나쳐 밖에서는 절대로 골목 안에 뭐가 있는지 알 수 없는 그런 곳으로 들어가기 시작했다.

그리고 그 골목 끝에 다다르자 놀랍게도 나무로 지어진 건물 하나가 떡하니 자리 잡고 있는 것이 아닌가?

"와, 이런 건물 처음 본다!"

"모두 나무야. 그것도 고급스러워."

시큰둥했던 친구들이 놀라는 모습에 여대생은 의기양양해져 웃으면서 말했다.

"어때? 굉장하지? 그치? 그런데 이건 아직 맛보기에 불과해. 얼른 가자."

"응, 알았어."

설마 이런 골목 안에 이렇게 근사한 나무로 만들어진 3층짜리 건물이 있을 것이라고는 모두 전혀 생각지 못했던 것이다.

그런데 정작 안으로 들어가자 더욱 놀라운 상황이 벌어

졌다.

"어머, 꽉 찼어."

놀랍게도 일부러 찾아오려고 해도 찾아오기 힘들 정도로 골목 깊숙한 곳에 있는 카페치고는 손님이 많아도 너무 많았다.

그것도 90%가 여자로 말이다.

"앗싸, 자리 있다."

처음 와서 모든 게 놀라운 친구들과 달리 그녀들을 데리고 온 여대생은 들어오자마자 자리를 찾기 시작했다. 결국 한쪽에 남아 있던 자리를 찾은 그녀는 친구들을 데리고 갔다.

"어때? 멋지지?"

"응, 대단해. 이런 인테리어 처음 봐. 저기 저 나무 진짜 나무지? 저기 고양이 까지 걸어 다니고 있어. 거기다… 바리스타… 진짜…….."

친구들은 카페의 분위기와 외관에 놀라다가 바리스타가 있는 곳에 시선이 멈추더니 움직이지 못하고 있다.

"죽이지?"

"응…….."

"…이건 굉장한 정도가 아니야."

국내 최고의 여대를 꼽으라면 당연히 미화여대를 꼽을

것이다.

학식, 인품, 무엇보다 전통이 국내 최고였다.

거기다 현재 국내에 몇 안 되게 남아 있는 여자만 다니는 여대라는 특징 때문에라도 다른 대학들의 선망의 대상이 되는 곳이 바로 이곳 미화여대였다.

그런데 그런 미화여대에 어느 날 갑자기 조용한 소문이 돌기 시작했다.

"환상의 카페가 있다는 거 알아?"

"환상의 카페?"

여대생들의 입을 통해 소문이 퍼지기 시작한 환상의 카페가 바로 그 소문의 정체였다.

아는 사람만 아는 카페, 한 번 가본 사람은 어떻게든 그곳이 소문나지 않게 하기 위해서 애를 쓴다는 환상의 카페였다.

이 환상의 카페는 특이한 점이 몇 가지가 있는데, 그중에 하나가 바로 카페 건물이 모두 나무로 지어졌다는 것이고, 또 하나는 바리스타가 손님 테이블로 와서 직접 원두를 갈아 손님이 보는 앞에서 커피를 옛날 방식으로 내려준다는 것이다.

기계로 뽑아낸 흔한 카페의 커피가 아니라 드립커피라는 것에 한 번 와본 사람은 다시 찾아올 수밖에 없도록 만들었다.

거기다 알음알음 찾아갈 수밖에 없을 만큼 외지고 골목 끝에 있는 특이한 점도 환상의 카페라고 불리기에 충분한 이유이기도 했다.

하지만 무엇보다 이곳이 환상의 카페라고 불리는 이유 중에는 커피를 대접해 주는 바리스타가 굉장한 미남과 미녀라는 것이 어느 정도 큰 비중을 차지하고 있는 것도 사실이었다.

"아메리카노 석 잔 주세요."

주문이 끝나자마자 잘생긴 미남 바리스타가 와서 옛날 골동품 같은 원두 가는 기계로 원두를 갈아 드립퍼로 그 자리에서 커피를 내려준다. 무엇보다 뜨거운 물이 커피에 쏟아지면서 퍼지는 커피 향기에 처음 온 여자들은 거의 기절할 정도였다.

"즐거운 시간 되시길……."

정중하면서도 은은하게 여성들의 마음을 흔드는 목소리를 남긴 미남 바리스타가 떠나가자 여학생들은 바로 입을 모았다.

"아, 최고다, 여기."

"그래."

"내 말 맞지?"

세 명의 여대생은 그렇게 바리스타의 매력에 흠뻑 빠져 버리고 말았다.

그렇게 손님을 대접하고 다시 본래 자리로 돌아온 미남 바리스타에게 금발의 미녀가 슬쩍 다가왔다.

―마스터, 오늘도 한 건 하셨네요?

"훗. 뭐, 확실히 도움이 되긴 하네."

―후후후훗.

테라는 방금 재중이 다녀온 테이블을 보는 순간 단골이 되리라는 것을 확신했다.

그렇다.

이 환상의 카페라는 곳은 바로 재중이 운영하는 카페였 다.

특이한 것은 카페의 이름이 쓰인 현판이 어디에도 없다 는 것이다.

애초에 찾아오기도 힘들고 길을 모르면 골목 깊숙이 있 는 이 카페에 이름만 알고 찾아올 수 있는 것도 아니기에 나중에 짓기로 했던 것이 지금까지 와버리는 바람에 굉장 한 카페, 환상의 카페라는 이상한 이름으로 불리게 된 원인 이 되어버렸다.

사실 재중은 이런 골목에 카페를 차린다고 해서 과연 장 사가 될까 했다.

그런데 고아원을 벗어나 한동안 컴퓨터라는 것을 끼고 살던 테라가 좋은 돈벌이가 있다면서 시작한 것이 바로 카페였다.

이후 테라 스스로 이것저것 알아보더니 이곳 미화여대, 그것도 골목 안쪽으로 깊숙이 들어와 허름한 건물과 땅을 사고는 모두 허물어 버리고 오로지 원목으로 3층짜리 카페 건물을 세웠다.

건물 철거야 새벽에 테라가 마법으로 아공간으로 삼켰다가 저 멀리 버려 버렸다.

건물은 원목을 사다가 재중과 흑기병이 만들었으니 딱히 인건비가 크게 들지도 않았기에 생각보다 돈이 많이 들어가지도 않았다.

하지만 재중은 이런 골목 깊숙한 곳에 위치한 카페가 과연 돈이 될까 하는 의문까지는 지울 수가 없었다.

재중도 노가다 판을 뛰어봐서 대충 어디가 좋은 자리인지 정도는 알았다.

지금 테라가 선택한 곳이 장사를 하기에는 최악 중에 최악의 자리라는 것은 너무나 뻔했다.

하지만 테라가 끝까지 한번 믿어보라고, 여자들의 심리를 파고드는 엄청난 계획이라는 말을 하면서 의욕이 넘쳤기에 재중도 그냥 들어주기로 한 것이다.

딱히 뭔가 해야겠다는 계획도 없긴 했지만 혹시나 영업이 잘 안 돼서 망하더라도 자신이 이곳에 그냥 살아도 되었으니 말이다.

애초에 집도 절도 없이 살아온 재중이다.

그런 재중에게는 카페가 성공하고 실패하고를 떠나 처음으로 자신이 사는 곳을 누군가 물어봤을 때 어디라고 말할 수 있는 집을 가진다는 의미가 더욱 컸다.

이후 카페 영업을 시작했으나 역시나 골목을 몇 번이나 굽이돌아 들어와야 찾을 수 있는 카페를 찾아올 손님이 없는 것은 당연했다.

그렇다고 광고를 한 것도 아니었으니 말이다.

어쩌다 우연히 한 명씩 골목을 헤매다가 찾아오면 그게 바로 그날 첫 손님이자 마지막 손님이 되는 경우가 대부분이었다.

그런데 그게 시간이 흐르면서 점점 입소문을 타면서 달라지기 시작했다.

그러더니 불과 1년 만에 환상의 카페라는 웃기지도 않는 별명으로 불리면서 아는 사람들끼리만 찾아오는 독특한 카페가 되어버린 것이다.

커피는 흔히들 맛으로 먹는 음료라고 생각할 수도 있지만 커피의 맛을 좌우하는 데는 향기의 비중이 의외로 높은 편이다.

원두를 로스팅하자마자 바로 테라의 시간마저 멈춰 버리는 아공간에 보관했다가 손님 앞에서만 꺼내서 갈아주니 그 향기가 다른 일반적인 카페의 맛과는 확연히 차이가 날 수밖에 없었다.

비싼 커피를 볶는 기계도, 원두를 가는 기계도, 커피를 뽑는 기계도 필요 없기에 구매하지도 않았다.

오로지 테라가 알고 있는 옛날 방식과 테라의 아공간에 있는 기구만으로 손님이 보는 앞에서 모든 것을 다 해주니 일반석으로 기계를 사용하는 내중화된 커피와는 확연히 다른 맛과 향, 그리고 분위기를 가질 수 있었다.

그것은 손님들이 한번 빠져들면 쉽게 빠져나오지 못하는 매력을 주기도 했다.

거기다 테라가 길고양이와 유기견 몇 마리를 복종 마법으로 훈련시켜 카페 내부를 돌아다니게 하면서 얼굴마담 역할을 톡톡히 해 여심을 흔들자 그 반응은 폭발적이었다.

─여자 마음은 여자가 잘 아는 법이에요, 마스터. 후후후훗.

"그래, 확실히 그렇긴 하네."

그냥 안 되면 살 집으로 개조할 생각이었던 카페는 그렇게 미화여대의 숨겨진 명물 중의 명물로 자리 잡아버렸고,

이 모든 것은 테라의 능력이기도 했다.

다만 재중은 테라에게 이런 상업적 재능이 있다는 것을 처음 알았기에 조금 놀랐다. 하지만 자신이 몰랐을 뿐이라고 생각하며 그냥 넘겨 버렸다.

"또 테이블이 풀인가?"

슬쩍 곁눈질로 살펴본 것이지만 2층과 3층은 CCTV로, 1층은 잠깐 보는 걸로 이미 더 이상 테이블이 없다는 것을 확인했다.

재중은 카페 입구에 '빈 테이블 없음' 이라는 푯말을 걸어놓고 돌아왔다.

카페라는 게 본래 잠시 시간을 보내고 이야기하며 놀기 위해서 오는 곳이라는 특성이 있다. 때문에 자리가 없다면 이렇게 주인이 먼저 자리가 없다는 것을 멀리서도 알아볼 수 있게 표시를 해주는 것이 좋겠다는 테라의 의견에 처음 영업할 때부터 해온 일이다.

물론 처음 카페를 시작할 때는 저 푯말을 과연 써야 할 상황이 오기나 할까 의심했지만 말이다.

그런데 문제라면……

딸랑~

"저기… 언제쯤 빈자리 생겨요?"

분명히 커다랗게 빈 테이블이 없다고 푯말까지 써 붙여

놓아도 저렇게 들어와서 언제쯤 자리가 생기냐면서 물어보거나 아니면 카페 입구 쪽에서 편하게 앉아서 기다리는 사람이 제법 많다는 것이다.

"죄송합니다. 그게 언제라고… 말하기가…….."

"그럼 기다릴게요."

익숙한지 여자는 밖으로 나가 대기하고 있던 일행과 함께 주변에 만들어놓은 벤치 그네 쪽으로 갔다.

─마스터, 차라리 확장할까요? 확 10층 정도로?

저렇게 기다리는 손님이 끊이질 않으니 테라는 그럴 때마다 확장하자는 말을 꺼냈다.

까짓것 마법으로 잠시 작업하면 하루 만에 3층짜리 건물이 5~6층 되는 건 쉽기에 말을 꺼내지만 재중은 그때마다 고개를 저었다.

"돈 벌려고 시작한 거 아니잖아."

─피~ 그렇지만 이렇게 잘되는데요?

"정 하고 싶으면 혼자 나가서 카페 차려. 돈은 얼마든지 있으니까."

─쳇, 그게 아니잖아요. 마스터는… 제가 혼자 나가서 무슨 재미로 장사하라고…….

재중의 곁에서 떨어지는 것을 극도로 싫어하는 테라가 혼자 나가서 카페 차리라고 한다고 응하지 않을 것을 잘 알기에 매번 이런 식으로 입을 막아버리는 재중이었다.

그런데 솔직히 지금 이렇게 자신이 직접 카페를 운영하고 있긴 하지만 도대체 여자들이 왜 카페를 좋아하는지, 커피를 좋아하는지 도무지 이유를 알 수가 없는 재중이다.

"청소는 끝난 거냐?"

재중이 마지막 커피잔을 씻고 나서 돌아서며 물었다.

―막 끝났어요, 마스터.

휘리리릭!

역시나 재중이 예상했던 대로 마법으로 카페의 창문을 모두 열어놓고 바람을 일으켜 먼지는 기본이고 지저분한 것까지 모두 창문 밖 저 멀리 날려 버리는 테라였다.

어차피 이곳은 카페가 문 닫으면 오는 사람도 없기에 크게 신경을 쓰진 않았다.

그런데 창문을 닫던 테라가 미끄러지듯 재중의 곁으로 오더니 의외의 말을 했다.

―마스터, 누가 오는데요?

"이 시간에?"

이 카페는 100% 단골만 오는 소위 단골 장사를 하기에 카페가 문 닫는 저녁 10시 이후에는 사람이 오는 경우가 거의 없었다.

실제로도 지금까지 10시 이후로 누군가 온 적도 없고 말이다.

그런데 누군가 온다니?

의문스런 말에 재중이 밖으로 나가보자 검은 양복 차림의 건장한 남자 여섯 명과 가녀린 여자 한 명이 다가오고 있었다.

"……."

제법 거리가 되고 어둡긴 했지만 재중은 다가오는 사람들의 얼굴을 똑똑히 볼 수 있었다.

주변의 남자들 보나는 여자의 일굴이 재중의 시선을 끌었다.

그녀가 묘령의 여인이어서가 아니다. 재중은 그녀가 자신을 찾아냈다는 것이 사실이 의아했다.

"어떻게 날… 찾았지?"

자신의 흔적이 될 만한 것은 그 무엇 하나 남기지 않았다고 생각했기에 재중도 잊고 있던 여인이다.

처음 지구로 왔을 때 우연히 사고 소리를 듣고 가서 구해주었던 여인이 지금 자신을 향해 걸어오고 있었으니 이런 생각이 드는 건 당연했다.

아무리 대한민국 땅이 좁다고 하지만 인적 사항 하나 모르는 사람을 찾는 게 결코 쉬울 리가 없으니 말이다.

쉬웠다면 지금 재중이 누군가에게 입양이라는 이름으로 팔려간 여동생을 벌써 찾고도 남았을 것이다.

　물론 1년이라는 시간이 지나긴 했지만 누군가를 찾기 위한 시간으로 보면 1년은 정말 짧은 시간에 지나지 않았다.

　"저 기억하시죠?"

　차분히 걸어 재중에게 다가온 여인이 처음 꺼낸 말에 재중은 입가에 미소를 지으면서 고개를 끄덕였다.

　이미 자신을 알고 찾아왔는데 모른 척하기도 그랬고, 무엇보다 자신을 찾은 방법이 궁금했기에 바로 수긍한 것이다.

Chapter 05
이어진 인연

재중귀환록

"예쁘네요."

카페 안으로 들어와 둘러본 여인의 반응은 이곳을 찾아오는 다른 여자들과 비슷하다.

뭐, 재중에게는 당연한 반응이었지만 말이다.

애초에 여자들이 좋아할 만한 인테리어에 카페는 쉬어가는 곳이라는 개념을 가지고 건물을 원목으로 만들었기에 누구나 카페 안으로 들어오면 이런 반응을 보였다.

"어떤 걸로 드릴까요?"

재중이 나직이 물어보자 여인이 대답했다.

"커피 주세요. 유명하다고 들었거든요."

여느 손님들과 똑같이 직접 눈앞에서 원두를 갈아 커피를 내려서 내밀었다. 여인은 조용히 한 모금 마시더니 입가에 미소를 지었다.

"독특한 맛이네요."

테라만 알고 있는 원두 배합으로 블렌딩(Blending:원두를 두 가지 이상 섞어서 새로운 향미를 가진 커피를 만들어내는 것)한 커피였기에 확실히 독특한 맛이긴 했지만 그래도 한 모금에 알아챌 만큼 진하거나 강한 맛이 아니었다. 때문에 그걸 알아본 여인의 미각에 재중도 조금은 놀랐다.

커피란 것이 아주 미묘한 맛의 차이가 그 가치를 나누는 기준이 되기에 한 모금만 마시고 안다는 것은 일반적으로 힘들었다.

사향고양이가 커피원두를 먹고 싼 똥으로 만든 커피가 엄청난 고가로 팔리는 이유도 바로 그 특유의 부드러운 맛과 함께 독특한 향미에 있기에 가능했다.

"제가 갑자기 찾아와서 실례가 아닌지 모르겠네요."

차분하게 이야기를 꺼내는 여인의 모습에 재중은 살며시 미소를 지으면서 솔직하게 말했다.

"뭐, 실례까지는 아니지만 솔직히 좀 놀란 건 사실입니다. 저를 찾아낼 줄은 몰랐으니까요."

뭔가를 바라고 도와준 것이 아니었기에 그렇게 말하자 여인은 고개를 흔들었다.

"저뿐만 아니라 그때 재중 씨가 아니었다면 제 품에 안겨 있던 딸도 이미 죽었을지 모르는 상황이었어요. 오히려 늦게 찾아온 것이 죄송할 따름이에요."

재중은 자신이 이름을 밝히지 않았음에도 여인이 이름까지 알고 있는 것에 눈빛이 살짝 변했다. 하지만 이내 다시 평온한 모습으로 돌아갔다.

"아니요. 뭐, 딱히 감사를 받고자 도운 것도 아닙니다. 그저 가는 길에 우연히 목격했고, 그래서 도와준 것뿐이니까요."

사실 그대로 이야기했다.

정말 가는 길에 우연히 봤을 뿐이다.

물론 웬만한 크기의 산등성이를 몇 번의 뜀박질로 뛰어넘는 괴물 같은 능력이 있기에 가능한 일이었지만 말이다.

"하지만 정말 감사 인사를 전하러 오셨습니까?"

멈칫!

재중이 돌연 날카롭게 질문하자 여인이 순간 몸이 굳었다. 곧 풀렸지만 이미 확연히 눈에 띈 변화였다.

"어떻게 보면 생명의 은인을 찾아서 온 것은 고맙습니다만… 제가 세상을 좀 험하게 살아서 그런지 다른 뜻이 있는 걸로 보입니다만…….”

아무리 여인의 생명을 구해줬다고 하지만 지금 재중의 발언은 조금은 도가 지나친 감이 없잖아 있었다. 한데 어쩐 일인지 여인은 고개를 살짝 숙인 채 침묵으로 대답을 대신하는 것이 아닌가?

“뭐, 1년이라는 시간이 길다면 길지만 짧다면 짧은 시간이죠. 그리고 이름도 모르는 사람을 찾아온다는 것은 그만큼 노력과 함께 돈이 많이 든다는 것 정도는 저도 잘 알고 있습니다.”

여동생을 찾기 위해 그동안 자신이 뿌린 돈이 얼마인지 너무나 잘 알기에 할 수 있는 말이다.

“이름도 모르는 생명의 은인을 1년 동안 찾아다녔다는 것은 저로서는 감사하면서도 한편으로는 죄송하기도 합니다. 하지만 왜 저는 그게 순수하게 감사의 인사를 전하기 위해서 찾아다녔다는 느낌이 들지 않는지…….”

말꼬리를 흐리지만 재중은 똑바로 여인을 바라보면서 말하고 있는 중이다.

생명의 은인, 뭐 좋은 것이다.

생명을 구원받았으니 그 감사하는 마음이야 오죽하겠는가. 하지만 어디의 누군지, 어떻게 사는 사람인지는커녕 이름도 모르는 사람을 1년 동안 찾아다닐 사람이 과연 몇이나 될까?

생각해 보면 지금 1년 만에 자신을 찾아낸 여인의 행동이 이상하게 생각될 수밖에 없는 것이 바로 재중의 입장이었다.

아무리 목숨을 구원받았다고 해도 생판 모르는 사람을 1년 동안 찾아다닐 만큼 세상이 그렇게 인정이 넘치지도 않지만, 무엇보다 갓난아기를 키우는 애 엄마의 입장에서는 쉽게 생각할 수 없는 일이었다.

아는 사람만 아는 것이지만 사람을 찾는 일이 결코 쉬운 게 아니다.

이름과 성별, 잃어버린 곳을 알아도 찾기 힘든 게 미아였다.

대한민국에 한 해 발생하는 실종자 숫자만 해도 몇 십만 명에 달할 만큼 엄청난 사람이 조용히 사라지고 있는 실정이다.

물론 높은 확률로 대부분은 다시 제자리로 돌아오지만 의외로 많은 숫자가 영원히 사라지는 것도 사실이다.

용역업체나 심부름센터 등 전문적으로 사람 찾아주는 곳이 있지 않느냐고 말하겠지만 그건 모르는 소리다.

실제로 용역업체를 통해서 의뢰를 해도 그중에 90% 이상이 가짜거나 사기가 대부분으로 영화나 소설에서 용역업체

에 의뢰하면 쉽게 사람을 찾아주는 것은 그저 이야기일 뿐
이다.

그리고 그 누구보다 그런 현실을 잘 알고 있는 재중이었
다. 자신을 찾아온 여인이 백 퍼센트 확률로 순수한 의도를
가졌다고 생각하기에는 세상의 어두운 면을 너무 많이 보
고 자랐다. 쉽사리 믿기지도 않았지만 상황상 믿을 수도 없
었다.

"…죄송해요."

좀 심하게 추궁하긴 했지만 오히려 사과를 해오자 자신
의 추측이 맞았다는 생각에 씁쓸한 미소를 지을 수밖에 없
었다.

생명을 구해준 은인에게조차 순수한 의도로 찾아오지 못
하는 현실과 그걸 너무 빨리 알아챈 자신의 모습에서 말이
다.

하지만 반대로 그녀의 속마음을 어느 정도 알았으니 왜 1년
동안이나 자신을 찾아다녔는지 궁금해지기 시작했다.

"딱히 기분 나쁜 건 아닙니다. 하지만 저를 그토록 찾아
다닌 이유가 궁금하긴 하네요."

직설적인 재중의 말에 여인은 천천히 숙였던 고개를 들
면서,

"혹시 그때 저를 치료하실 때 뭔가 특이한 것을 느끼지

못하셨나요?"

"네?"

지금 여인이 하는 말이 무슨 뜻인지 모르겠다는 듯 재중이 반문했다.

"사실 전 사고 당시에 폐암 말기였어요. 거의 마지막 치료를 받고 조용하게 남은 삶을 살기 위해서 별장으로 가는 길이었거든요."

"그래요?"

재중이 전혀 몰랐다는 표정을 짓자 여인은 눈동자를 똑바로 재중을 향하면서 굳은 표정으로,

"그런데… 재중 씨에게서 구함을, 아니, 정확하게는 기(氣) 치료를 받고는 제 폐암이 완전히 사라졌어요."

"……?"

전혀 뜻밖의 말에 재중이 고개를 갸웃거렸다. 그러다 뒤늦게 머리를 스치는 것이 있었다.

바로 나노 오리하르콘의 특성 때문이다.

나노 오리하르콘은 재중이 세밀하게 조종하지 않는 한 일반적인 명령에는 포괄적으로 움직이는 편이다.

예를 들어 외과 수술처럼 초정밀도로 나노 오리하르콘을 움직여서 세포 하나만 제거하는 것도 가능했지만, 반대로 치료하라는 간단한 명령으로도 알아서 치료를 하기도 했던

것이다.

그리고 그 당시 재중은 그저 부러진 갈비뼈에 폐가 찢어졌다는 것에 집중해서 치료를 목적으로 했던 것이다.

그 때문에 뜻하지 않게 그녀의 폐에 자리 잡았던 암세포도 나노 오리하르콘이 알아서 치료해 버린 듯했다.

"……."

재중이 아무 말이 없자 여인은 무언가 확신에 찬 얼굴로 말했다.

"도와주세요."

"도와달라니?"

"저희 아버님을 살려주세요."

"……."

다른 뜻이 있어서 왔을 것으로 생각은 했지만 느닷없이 아버지를 살려달라고 부탁하자 재중은 난감한 표정을 지을 수밖에 없었다.

"생명의 은인에게 할 부탁은 아닌 줄 잘 알고 있어요. 이런 염치없는 부탁을 드리기 위해서 찾아다녔다는 것도 사실이구요. 하지만 제발… 저희 아버님을 살려주세요. 부탁드려요."

여인의 지금 말은 진심이었다.

재중은 사람의 생각까지는 읽지는 못하지만 드래곤 블러

드와 나노 오리하르콘, 그리고 대륙에서의 경험 덕분에 이미 인간을 초월한 경지를 이룩한 상태다. 때문에 그녀의 몸에서 뿜어져 나오는 오라, 즉 마나의 색이 선명하게 보였다.

그리고 그 사람의 마음에 따라 마나의 색이 변하는 것이 지금까지 재중이 알고 있는 현상이다.

불안하거나 뭔가 마음에 조바심이 있으면 오렌지 빛을 띠었고, 지금처럼 선명한 녹색을 띠는 경우는 진실을 말한다는 신호였다. 덕분에 지금 그녀가 거짓말로 자신을 흔드는 건지 아닌지 정도는 판단할 수 있었다.

다만 그녀가 말한 기 치료라는 단어에서 재중은 고개를 갸웃거리는 중이다.

"제가 도착했을 때는 의식이 없던 걸로 기억하는데요?"

당연히 혼절한 상태로 다 죽어가는 여자가 자신이 치료하는 것을 보고 기억했을 리가 없었다.

그렇다고 주변에 사람은커녕 마을조차도 자동차로 몇 십여 분은 달려야 할 만큼 외진 곳이었는데 마치 본 것처럼 말하는 여인의 말에 되물어봤다.

"블랙박스에 남겨진 영상을 봤어요."

"아, 그래서……."

재중은 여인이 말한 블랙박스라는 말에 바로 이해가 되

었다.

그 당시 재중은 지구로 막 돌아왔고, 자신이 대륙으로 떠난 뒤 10년이나 시간이 흐른 이후에 도착했다는 것도 모르고 있었다.

물론 재중이 살았던 때에는 블랙박스는커녕 스마트폰도 없는 시절이었으니 설마 자신이 여자를 치료하는 장면이 녹화되고 있으리라고는 생각조차 못한 것이다.

물론 카페를 차리고 적응하면서 블랙박스라는 것을 알긴 했지만 차를 가지고 있지 않는 재중은 그냥 듣고 아는 정도로 그쳤었다.

그런데 설마 그 블랙박스가 유일하게 자신의 흔적이 될 줄은 전혀 생각도 못했다.

아마도 블랙박스 영상에서 재중이 여인의 블라우스를 찢어버리면서 가슴에 손을 올리고 가만히 있던 장면을 보고서 기(氣) 치료라고 오해하는 것이 확실해 보였다.

재중은 작게 웃을 수밖에 없었다.

딱히 아니라고 말하기도 그래서 재중이 입을 조용히 다물어 버리자 여인은 그걸 긍정으로 받아들인 듯했다.

"저희 아버님께서는 현재 위암이 폐와 간까지 전이된 상태예요."

"……."

"이미 수술도 몇 차례 했지만 더 이상 불가능하다는 진단을 받았어요. 이제 믿을 곳은 재중 씨뿐이에요. 제발 도와주세요. 사례라면 어떻게든 해드릴게요. 제발요. 저희 아버님을 살려주세요."

이슬 같은 눈물을 흘리면서 사정하는 모습을 마주하고 있는 재중은 난감할 수밖에 없었다.

우연히 구해준 여인이 알고 보니 폐암 말기 환자였고, 어쩌다 보니 그녀의 목숨뿐만 아니라 폐암까지 치료해 줘버린 실수를 저지른 대가가 바로 지금의 상황이다.

"…어디 계신가요?"

한동안 말을 하지 않던 재중이 조용히 입을 열었다.

"당장에라도 제가 모실게요."

"가죠."

질질 끌 것도 없다는 생각에 재중이 자리에서 일어서자 여인도 바로 일어섰다.

마음이 급하다 보니 발걸음도 빨라진 듯, 일어선 지 얼마 되지도 않았는데 이미 카페 입구 문을 잡고 있다.

"그런데 저는 뭐라고 불러야 하죠?"

"네?"

재중이 자신을 부르는 듯한 말에 여인이 고개를 돌렸다. 하지만 무슨 말인지 알아듣지 못한 듯 동그란 눈으로 쳐다

보고만 있다.

"그쪽은 제 이름을 알지만 전 아무것도 모르고 있으니까요. 부를 때 뭐라고 불러야 하죠?"

"아, 죄송해요. 전 박인혜예요."

그제야 자기 이름을 말하지 않았다는 것을 알아차렸는지 황급하게 대답하는 인혜의 모습이다.

"그럼 전 인혜 씨라고 부르면 되나요?"

"네. 그보다 먼저 골목 입구에 차를 대기시켜 놓을게요. 천천히 오셔도 돼요."

당장에라도 재중의 옷깃을 붙잡고 달려가고 싶은 눈빛이 뻔히 보이는데도 최대한 자신을 제어하려고 하는 인혜의 모습에 재중은 웃으며 말했다.

"이미 카페 정리는 끝났으니 같이 나가죠."

그 말에 얼굴빛이 환하게 바뀌는 인혜를 보고 재중이 고개를 돌려 테라에게 말했다.

"뒷정리 부탁해."

―네, 마스터.

사실 어차피 뒷정리는 대부분 테라가 하는 편이다.

자신은 그저 찻잔 정도 정리할 뿐이고, 그것도 이미 끝낸 상태라 바로 따라가기로 한 것이다.

물론 공짜로 인혜의 아버님을 치료해 줄 생각은 없었다.

'기브 앤 테이크. 주는 게 있으면 받는 것도 있어야겠지?'

얼굴만 아는 자신을 1년이라는 결코 길지 않은 시간에 찾아낸 박인혜의 정보력에 약간 기대어볼 생각인 것이다.

그녀가 자신을 찾을 때 알고 있던 건 얼굴뿐이었다.

그리고 아이러니하게 지금 자신도 동생인 선우연아의 얼굴만을 알고 있으니 가능성이 높다고 판단한 것이다.

목숨을 구해주는데 그 정도 부탁이야 해도 된다는 생각이다.

물론 무조건 그쪽에 전부 의존할 생각은 없는 재중이다.

어차피 지금 생각한 계획이 끝날 때쯤에는 자신 스스로도 움직일 생각이었다.

보기에는 재중이 지금 아무것도 안 하고 있는 것 같지만 하지 않는 것이 아니라 할 수 없는 것이다.

이미 흥신소나 사람을 찾는 곳에 많은 돈을 써서 의뢰를 해놓은 상태지만 대부분이 얼굴만 가지고는 찾는 것이 거의 불가능하다는 대답만 돌아왔고, 무엇보다 정식 절차를 거쳐서 입양되었을 경우 입양한 사람의 이름이라도 알아야 하는데 아무것도 아는 것이 없었으니 말이다.

거기다 알아보니 이미 최태식은 5년 전에 고아원을 그만둔 것으로 나왔다. 최태식이 입양 보낸 고아들의 명단도 남아 있지 않다는 말을 듣고서는 어쩔 수 없이 재중은 방법을 바꾸기로 했다.

시간이 걸리더라도 천천히 포기하지 않고 찾는 것으로 말이다.

만나야 할 사람은 결국 언젠가는 만날 수밖에 없다는 것을 믿으면서.

오히려 그 덕분에 마음의 여유가 생겨서일까? 그동안 여동생만 찾을 생각에 자신에 대해서는 전혀 생각지도 못했는데, 그 문제들을 하나씩 생각하는 시간도 가지게 되었다.

우선 테라가 강력하게 요구한 것이 재중의 학력이었다.

드래곤의 지식을 모두 가지고 있는 마도서답게 한 달 만에 이곳 대한민국의 구조와 전반적인 생활을 파악한 뒤 재중의 초등학교 중퇴 학력에 대해서 강력하게 따지기 시작한 것이다.

"뭐, 내가 학력에 구애 받을 필요가 있나?"

이미 대륙에서의 수많은 경험과 더불어 더 이상 인간이라고 불리지 못할 초인의 능력까지 가지고 있기에 재중은 테라의 말을 듣긴 했지만 딱히 필요하다고는 느끼지 못했다.

웬만해서는 재중의 생각을 돌리기 힘들어 보였지만 테라는 그런 속마음까지 알고 있다는 듯 싱긋 웃으면서 말했다.

─여동생 분을 찾은 다음 혹시 조카라도 있다면… 초등

학교 중퇴의 삼촌이 있다고 말하고 싶으세요?

뜨끔.

순간이지만 재중의 눈동자가 흔들렸고, 그것을 놓칠 테라가 아니었다.

―마스터께서는 이제부터 이곳에서 살아가신다고 했지요. 제가 봤을 때 이 대한민국이라는 국가는 인맥, 학력, 그리고 권력으로 이뤄진 국가라고 판단됩니다.

"뭐, 그야 그렇긴 하지."

아무리 재중이 정규 교육을 배우지 않았다지만 길거리에서 생활하면서, 그리고 막노동판을 따라다니면서 배운 것이 있기에 어느 정도는 알고 있어서 고개를 끄덕였다.

―마스터, 이곳 지구의 자본주의 경제 구조는 크게 보면 1%의 천재가 나머지 99%의 평범한 사람을 먹여 살린다고 들었어요. 이왕 마스터의 능력이면 1%, 아니, 0.000001%의 위치에 올라가는 것도 좋지 않을까요? 그리고 재력이든 권력이든 인맥이든 뭐든지 많을수록 여동생 분을 찾는 것이 빠를 테고요.

"……"

확실히 재중도 테라의 말을 듣기 전까지는 안개에 휩싸인 듯 뭔가 해야 한다는 목표가 없었는데 듣고 나니 조금은 눈앞에 안개가 걷히는 느낌이 들었다.

"하긴 맞는 말이네. 좋아, 네 말대로 하자."

부하이기도 하지만 때로는 친구, 때로는 동료이기도 한 테라의 말에 재중이 최종적으로 승낙했다. 그때부터 시작된 것이 바로 검정고시였다.

"하아, 결국 공부를 해야 한다는 거군."

사실 공부를 좋아해서 하는 사람이 과연 몇 명이나 될까? 재중도 공부를 좋아하지 않는 것은 당연했다.

거기다 초등학교를 다니다가 여동생을 찾겠다고 고아원을 뛰쳐나와 버렸으니 더더욱 공부와는 담을 쌓은 셈이다.

하지만 현재 아무것도 없는 재중이 인맥, 권력, 재력 중에 가장 확실하면서도 가질 수 있는 성공 확률이 높은 것은 바로 인맥이었다. 인맥을 쌓기 위해서는 어쩔 수 없이 S대를, 그중에서도 나름 최고로 치는 법대나 아니면 저 멀리 하버드 쪽까지 생각하고 있기에 공부는 필수 불가결했다.

처음에는 공부가 어려울 것이라고 생각한 재중이 사실 살짝 겁을 먹긴 했지만 웬걸?

'이렇게 쉬웠나?'

어떻게 된 것이 문제지나 참고서, 그와 관련된 모든 것을 읽으면 그게 모두 머릿속에 마치 사진을 찍어서 저장한 듯 선명하게 기억되어 버리는 것이다.

오죽하면 재중 스스로가 공부라는 게 원래 이렇게 쉬웠

는지 의심스러워서 테라에게 물어보았다.

　─원래 공부라는 거 쉬워요. 외우고 응용하면 되는 거잖
아요?

　테라의 답변에 그냥 그런가 보다 하며 넘길 수밖에 없었다.

　애초에 드래곤의 모든 지식을 가지고 있는 테라에게 공
부란 쉬울 수밖에 없었고, 그의 질문에 쉽다는 대답은 당연
했다.

　그리고 참 세상이 재미있는 것이, 공부가 쉽다고 느껴지
면서 막히는 것이 없자 오히려 재중은 공부에 재미가 붙어
버린 것이다.

　사실 뭐든지 잘 외워지고 수학이든 외국어든 뭐든 한 번
듣고 잊어버리지도 않고 응용까지 마음대로 할 수 있다면
세상에서 공부만큼 쉬운 게 어디 있겠는가?

　그러다 보니 카페를 하면서 나머지 시간은 모두 검정고
시 준비를 하는 것이 오히려 자연스러운 순서였다.

　그리고 현재 고등검정고시만 남겨두고 있는 상황이다.

　재중은 이렇게 말할 것이다.

　'공부가 세상에서 제일 쉬웠어요' 라고 말이다.

　물론 길에서 그러면 몰매 맞겠지만.

Chapter 06
검예가(劍禮家)

"여기예요."

박인혜가 대기해 놓은 차를 타고 얼마간 이동한 뒤, 차가 멈췄다.

도착한 곳을 본 재중은 그녀가 생각 외로 대단한 집안의 여자라는 것을 알았다.

"검예가(劍禮家)라면……."

재중이 대문에 커다랗게 쓰인 검예가라는 현판을 보고 아는 척을 하자,

"네, 이곳이 검예가 본가예요."

오히려 재중 앞에서 자신의 집안을 소개하는 것이 살짝 부끄러운 듯 고개를 숙이는 박인혜였다.

검예가라면 사실 재중도 공부하면서 알게 된 곳으로 국내뿐만 아니라 해외에서도 알아주는 무도 가문이다.

검으로 예를 가르친다는 기치 아래 청와대는 물론 웬만한 재벌, 경호원이 대부분 검예가 제자라는 말이 있을 정도이니 말이다.

한마디로 검예가의 기침 한 번이면 청와대는 물론 재벌들은 경호원을 구하지 못해서 벌벌 떨어야 할 만큼 엄청난 권력을 가진 곳이 바로 검예가인 것이다.

하지만 국내에서만 이 정도라면 재중도 딱히 그러려니 했을 것이다.

실제로는 해외에서 더욱 유명했는데, 해외 쪽 경호 업체나 군대까지 초청해서 교육을 받을 정도였다.

검을 다루는 곳인데 왜 군대에서까지 초청할까 하고 의문을 가질 수도 있다.

실제로 검예가라는 름만 보면 검만 다루는 것 같지만 사실은 완전 살인 무술이라는 평이 지배적이었다.

그저 상징적으로 검으로 예를 가르친다고 내세웠을 뿐 실제로 가르치는 것은 맨손 격투술에서부터 검과 창, 봉 등 무기를 가리지 않는 것이 검예가의 특징이라면 특징이었다.

그러다 보니 무기를 가리지 않고 상대를 제압하는 기술을 가르친다는 것이 정확한 표현이지만 검예가의 가주가 가장 먼저 배운 것이 검술이었기에 검예가라고 이름을 지었다는 것이다.

검예가의 무도는 일반 무도와 실전 무도로 나눠지는데, 일반적으로 전국에 퍼져 있는 도장에서 배우는 것은 일반 무도였다.

하지만 경호원이나 실질적인 제자들에게는 실전 무도를 가르치면서 특수한 곳과 일반적인 곳 모두 뿌리를 넓혀서 검예가라는 이름을 내건 지 60년 만에 국내에서는 거의 적수를 찾아보기 힘들 만큼 우뚝 솟아 있었다.

그리고 재중은 직감적으로 알 수 있었다.

자신이 누구를 치료해야 되는지를 말이다.

마나라고는 조금도 쌓지 않은 박인혜를 이처럼 깍듯이 모시는 주변 사람들의 모습을 본다면 바보라도 눈치챌 수 있었다.

"혹시라도 놀라셨다면 죄송해요."

박인혜도 자신이 어느 집안의 사람인지 속일 생각은 전혀 없었다.

너무 급하다 보니 말하는 것을 깜빡했을 뿐이다.

뒤늦게나마 사과하는 것은 조금 전 재중이 검예가라고 읽으면서 생각에 잠긴 것을 보고 혹시나 부담을 느꼈을까 봐 그런 것이다.

끼이익!

커다란 대문이 열리고 안응로 들어서자 재중의 감각에 수많은 마나의 기척이 걸려들었다.

마치 무협소설에서나 나오던 것처럼 숨어 있는 자들도 있었고, 허름한 옷에 마당을 쓸고 있는 사람에게서조차도 적긴 하지만 마나가 느껴졌으니 말이다.

재중이 자세히 몰라서 그렇지 검예가의 본가에는 직계제자 외에는 아무도 들어와 생활할 수가 없었다.

이렇다 보니 제자들의 서열에 따라 가장 낮은 막내는 마당 쓰는 일도 해야 했다.

그냥 옛날 중국의 중원이라는 곳의 무림세가와 전혀 다를 바 없는 모습이기에 재중의 흥미를 끌긴 했다.

동시에 재중은 검예가의 힘이 사실이라는 판단도 내릴 수가 있었다.

아니면 박인혜가 자신을 이렇게 빨리 찾아냈다는 것은 있을 수가 없는 일이니 말이다.

"저 왔습니다."

재중이 걸어오면서 본 수많은 기와집 중에서 가장 크고

중심에 있는 곳에 도착해 박인혜가 큰 소리로 한마디 했다. 그러자 안에서 이제 20대 초반으로 보이는 젊은 남자가 나오더니,

"스승님께 알리겠습니다."

라고 하고는 다시 들어갔다.

그리고 얼마나 기다렸을까, 젊은 남자가 다시 나오더니 인혜와 재중을 안내했다.

물론 잠깐 재중에게 눈길을 주고 스치듯 쳐다보면서 마치 공항의 검색대에서 스캔하듯 빠르게 살펴보긴 했다.

이미 박인혜가 연락을 했기에 딱히 재중에 대해서 제재는 하지 않았지만 그의 눈빛에 불신이 가득하다는 것은 충분히 읽을 수 있었다.

사실 박인혜의 경우가 아니라면 사기라면서 모두가 뜯어말릴 정도로 황당했으니 어쩌면 지금 재중을 의심스럽게 쳐다보는 것도 당연했다.

물론 저들이 어떻게 쳐다보든 상관없는 재중이었지만 말이다.

'마스터, 아니, 거의 근접한 수준인데?'

방에 들어와 팔에 링거를 꽂고 누워 있는 노인을 직접 본 재중이 내린 판단이다.

언뜻 금방 죽어가는 환자처럼 보일지도 모른다.

하지만 재중의 눈에는 노인의 늙은 육체보다 그의 몸에서 뿜어져 나오는 마나의 향기가 더욱 강하게 다가왔기에 그런 판단을 내릴 수가 있었다.

'대단한걸. 지구에 마스터 급의 무인이 있을 거라고는 생각지도 못했는데.'

대륙이야 마나가 풍부하고 이미 검을 가지고 살아가는 기사나 용병이 많기에 마스터 수준에 이르는 무인이 제법 있는 편이다.

하지만 지구는 과학의 발달로 무인의 숫자도 적지만 그보다 더 심각한 것은 그 수준이 많이 떨어진다는 데 있다.

때문에 재중은 설마 검예가의 가주가 마스터에 근접한 무인일 것이라고는 생각하지 않았던 것이다.

하지만 오히려 그래서 더욱 안타까운 마음이 들었다.

아무리 마스터에 근접한 무인이면 뭐 하겠는가? 지금은 위암으로 시작된 암세포가 간은 물론 폐까지 퍼져서 거의 약에 의존해서 살아가고 있으니 말이다.

"지금은 항암 치료 때문에 가끔 정신을 차리실 뿐이에요."

노인을 쳐다보는 박인혜의 눈빛에는 슬픔이 가득했다.

이곳에 시집와서 딸 하나 낳고 바로 남편을 사고로 잃어버린 인혜였다.

거기다 인혜에게는 친인척 하나 없는 상황이라 이제 유일하게 남은 가족이라고는 저기 병들어 누워 있는 시아버지와 딸 하나뿐이었다.

"잠시 살펴봐도 될까요?"

"네."

너무나 태연한 재중의 모습에 이곳에 있던 의사와 다른 수제자 몇몇은 어쩔 수 없이 길을 터줬다.

믿고 믿지 않고의 문제가 아니라 이제 그들에게는 방법이 없어 재중이라도 믿고 싶을 만큼 절박했으니 말이다.

덥석.

재중이 노인의 팔을 잡자 나노 오리하르콘이 빠르게 재중의 피부를 통해 빠져나와 노인의 피부를 통해 침투하더니 순식간에 혈관을 따라 온몸을 휘젓고 다니기 시작했다.

옆에서 보기에는 그저 재중이 노인의 손목을 잡고 있을 뿐이다.

그리고 잠시 뒤 손을 놓은 재중이 말했다.

"당뇨에 동맥경화까지 있군요. 암은 이미 위와 간, 폐, 그리고 대장까지 퍼져 있고요."

"……!"

"헉! 그걸 어떻게 정확하게……."

사실 박인혜는 그저 암이 전이된 곳만 말해줬을 뿐 당뇨나 동맥경화, 그리고 대장암까지 있다고는 말하지 않았다.

나노 오리하르콘이 혈관을 타고 돌면서 혈관에 찌꺼기가 많고 노폐물이 많이 쌓여 있는 것을 확인했으니 동맥경화는 당연하게 알 수 있는 일이다.

사실 사람의 혈관은 지구 두 바퀴를 돌 수 있을 만큼 길었다.

과연 그렇게 긴 혈관이 작은 사람 몸 안에 있으려면 얼마나 촘촘히 펴져 있어야 하겠는가? 당연히 혈관을 따라 몸 구석구석까지 살핀 나노 오리하르콘의 레이더를 피할 수 있을 리가 없었다.

"그럼 지금 치료를 할 텐데, 제가 모두 나가달라고 하면 어떻습니까?"

그러자 가장 먼저 의사가 굳은 얼굴을 했다.

"의사로서 무조건 치료 과정을 봐야겠습니다! 이건 제 환자의 목숨이 걸린 일입니다!"

의사는 마치 지금 노인을 위해서 자신을 희생하는 것처럼 말하지만 재중이 그 의사의 눈동자에서 읽은 것은 욕망이었다.

어떻게든 재중의 암 치료 방법을 찾아내서 그것을 자기

것으로 만들고 말겠다는 욕망 말이다.

물론 다른 수제자들도 절대로 나갈 수 없다는 입장은 똑같았다.

하긴 재중 본인이라도 어떻게 자신을 믿고 다 죽어가는 노인만 남겨두고 나가겠는가?

"뭐, 그럼 조용해 주시기 바랍니다."

그래도 기(氣) 치료를 하는 것처럼 하기 위해서 굳은 얼굴로 재중이 주의를 주자 다들 조용히 고개를 끄덕였다.

5분 정도 지났을까?

"치료가… 끝난 겁니까?"

집요하리만큼 재중의 옆에서 살펴보던 의사가 황당한 듯 물어보자,

"네, 끝났습니다. 뭐, 정 확인해 보고 싶으시면 바로 검사를 해보시든지요."

"…헐."

의사는 그저 재중이 양 손바닥을 노인의 가슴과 배 쪽에 가만히 올려놓고 눈을 감고 있는 것밖에 본 것이 없었다.

그리고 5분 정도 되었을까?

치료가 끝났다고 하면서 웃는 얼굴로 물러나는 모습에 황당하다 못해 어이가 없다.

"설마… 말도 안 돼."

의사는 도무지 믿을 수 없다는 표정이다.

그리고 옆에 있던 박인혜도 사실 동영상을 보긴 했지만 설마 했다.

자신과 달리 노인의 암세포는 말 그대로 온몸에 퍼져 있다고 해도 틀린 말이 아니었는데 그게 달랑 5분 만에 치료가 됐다는 말에 멍하니 쳐다보고만 있다.

"당장 병원으로 이송해!"

의사가 도저히 믿을 수 없다는 듯 곧바로 노인을 데리고 병원으로 가버리자 같이 있던 수제자들도 곧 뒤따라가 버렸다.

박인혜만이 얼떨떨한 표정으로 남아 있을 뿐이다.

"전 이만 가보겠습니다."

"네?"

재중이 돌아가겠다고 하자 그제야 정신을 차린 박인혜이다.

"치료는 끝났습니다. 제가 온 목적이 끝났으니 더 이상 여기 있을 필요가 없지 않나요?"

"그건 그렇지만… 그래도 하다못해 식사라도 대접해 드려야……."

그제야 재중이 검예가에 도착하고 나서 겨우 이십여 분이 흘렀을 뿐이라는 것을 깨달은 박인혜가 황급히 밖으로 나가려고 하자 재중이 말렸다.

"나중에 병원에서 치료가 되었다는 것을 확인하면 그때 대가를 받겠습니다."

"하지만……."

"물론 저도 공짜는 아닙니다."

"그야 당연하죠. 제가 들어드릴 수 있는 거라면 무엇이든지 말하세요. 아버님이 살아나신다면 아까울 게 없어요."

이미 박인혜는 자신이 겪어봤기에 거의 노인이 살아나는 걸로 생각하고 있었지만 재중은 그러거나 말거나 조용히 사양했다.

박인혜는 어쩔 수 없이 다시 본래 카페가 있던 골목으로 재중과 함께 올 수밖에 없었다.

"그럼 내일 다시 찾아뵐게요."

박인혜는 치료가 되든 되지 않든 어차피 다시 재중을 봐야 했기에 그렇게 인사하고는 돌아갔다.

"음, 의사는 기억을 지워 버려야 하나?"

바로 눈앞에서 보이진 않지만 죽어가던 암 환자를 살려낸 재중이다.

만약에 의사가 그걸 떠벌리고 다닌다면 재중으로서는 여간 피곤한 일이 아닐 수 없었다.

하지만 치료가 되었다고 확인되지 않은 상황에 의사에게

손댈 수는 없기에 잠시 생각하더니,

"흑기병."

쑤우욱~

재중이 나직하게 부르자 그림자에서 솟아나듯 흑기병이
튀어나왔다.

―네, 마스터.

하지만 곧 이건 흑기병이 처리할 일이 아니라는 듯 손을
내저었다.

"아니다. 기억을 지우는 건 테라가 더 낫겠지?"

테라에게 검예가는 아직 자신이 받아야 할 대가가 있으
니 내버려 두지만 같이 있던 의사와 간호사의 머릿속에 자
신에 대한 기억을 지워 버리라고 명령하기로 했다.

멀쩡한 의사와 간호사를 겨우 비밀 하나 지키자고 죽일
수는 없으니 말이다.

뜻하지 않게 인연이 이어지게 되었지만 어쩌면 재중에게
는 잘된 일일지도 몰랐다.

어차피 자신이 지금 인맥을 가지려고 공부하는 이유도
모두 여동생을 찾기 위해서일 뿐이니 말이다.

검예가의 권력 따위는 애초에 재중의 안중에도 없었다.

여동생만 찾을 수 있으면 되었다.

하지만 본래 사람 마음이란 화장실 갈 때와 나올 때 다른

법이다.

노인의 암이 모두 완치되어 살아났는데 재중에 대해서 모른 체한다면?

아니, 그럴 가망성도 어느 정도 있었다.

그냥 돈 좀 주고 잊어라 할 수도 있고, 아니면 반대로 재중의 능력을 탐내서 찾아올 수도 있었다.

재중은 대륙에서 이미 산전수전 다 겪은 상황이기에 언제나 최악의 상황을 염두에 두고 생각하는 게 습관처럼 되어 있었다.

재중은 최악의 경우 검예가 측에서 자신을 납치하거나 어떻게 하려 할 수도 있다는 조금은 황당한 생각까지 하고 있었다.

본래 인간의 욕심이란 게 끝이 없는 법이니 말이다.

가진 놈들이 더 가지려고 하는 법이다.

말 그대로 재중만 옆에 있으면 암은커녕 웬만한 죽을병도 무시할 수 있는데 그걸 욕심내지 않는다면 그것도 이상했기에 남들이 보면 좀 과잉 망상이라고 할 수도 있는 가능성까지 생각하는 것이다.

"뭐, 며칠 안에 결론이 나겠지."

느긋하게 기다리기로 했다.

자신은 해줄 만큼 해줬으니 말이다.

이제 검예가 쪽에서 어떻게 나오느냐에 따라 움직이기만 하면 될 뿐이다.

박인혜의 성격과 모습을 봐서는 딱히 배신할 것 같진 않지만 사람 일이라는 게 하루 앞날을 모르는 법이니 조심해서 나쁠 것은 없었다.

*   *   *

딸랑~

편한 듯 보이면서도 나름 예의를 갖춘 듯한 원피스에 수수하면서도 세련된 모습의 박인혜가 다시 나타난 것은 정확하게 치료를 끝내고 일주일이 흐른 뒤였다.

"안녕하세요, 재중 씨."

어차피 나노 오리하르콘으로 암세포를 죽였으니 전이는커녕 더 이상 재발도 없을 것이고, 서비스 차원으로 혈관에 쌓여 있는 노폐물까지 모두 처리해 줬기에 결과는 보나마나였다.

그 증거로 박인혜의 표정이 한층 살아나 있었으니 말이다.

덕분에 그녀의 미모가 다시 꽃을 피우는 부작용이 생겼다.

물론 미망인이라는 점이 아쉽지만 말이다.

"결과가 잘 나왔나요?"

재중이 입가에 미소를 지으면서 물어보자 강하게 고개를 끄덕인 박인혜는 당장 엎드려 절이라도 하고 싶은 표정이다.

의사가 믿을 수 없다면서 검사를 몇 번이나 다시 하는 바람에 시간이 좀 걸리긴 했지만 몇 번을 다시 해도 노인은 상태는 정상이었다.

암세포는 눈 씻고 찾아도 찾아볼 수도 없을 만큼 완전히 정상인이 되어버린 모습에 의사는 한동안 정신을 차리지 못했다고 한다.

"정말 고마워요. 저뿐만 아니라 아버님까지… 정말 감사합니다."

감격에 겨워 하는 박인혜의 모습이지만 재중은 오히려 별것 아니라는 듯 웃었다.

"그럼 제 부탁을 들어주셨으면 합니다."

"말씀만 하세요. 뭐든지 들어드릴게요."

스윽~

박인혜의 말에 재중이 품에서 꺼낸 것은 한 장의 사진이었다.

그 사진에는 전에 재중이 나노 오리하르콘으로 만들어낸

기억 속의 어린 선우연아의 얼굴을 테라가 마법으로 성인이 되어 있을 모습으로 재구성한 것이 찍혀 있었다.

"누구죠?"

사진으로 봐도 굉장한 미모를 가진 여자의 사진을 재중이 꺼내놓자 박인혜는 살짝 움찔하면서 물었다.

"어릴 때 헤어진 제 여동생입니다."

"네? 여동생이시라고요?"

어릴 때 헤어진 여동생을 찾아달라고 하는 것과 달리 사진은 최근의 모습을 보는 것 같아서 박인혜는 순간 오히려 되물었다.

"전문가에게 의뢰한 겁니다. 어릴 때의 사진을 보여줬더니 컴퓨터 그래픽으로 나중에 자랐을 때 대충 이렇게 성장했을 것이라고 하더군요."

"아……!"

요즘은 연인끼리 서로 얼굴 사진을 찍으면 2세의 예상 사진까지 컴퓨터 그래픽으로 보내주는 스마트폰 어플이 있다는 것을 알기에 인혜는 대충 그런 종류의 것으로 생각했다.

재중도 딱히 마법으로 만들었다고 할 수는 없기에 가장 무난한 컴퓨터 그래픽으로 둘러댄 것이다.

기술은 이미 재중이 예상한 것보다 훨씬 빠르게 발전하

고 있었으니 박인혜도 믿는 듯했다.

그런데 웃기게도 재중이 둘러대려고 한 거짓말이 사실이었다.

어릴 때의 사진이 정확하게 필요한 만큼만 있다면 성인이 되었을 때의 얼굴을 가상이지만 만들어내는 프로그램이 있었으니 말이다.

"진짜 같네요."

다만 테라의 마법으로 만들어낸 이미지였기에 컴퓨터 그래픽이라고는 믿겨지지 않을 만큼 너무나 사실적이라는 게 조금 다를 뿐이다.

"그런데 혹시 급하신가요?"

"그렇진 않아요. 어차피 어릴 때 헤어져 아직도 찾지 못했으니 그냥 시간이 걸리더라도 찾는 것을 포기하지 않는 것일 뿐입니다."

"아, 네. 꼭 찾아드릴게요."

"아, 누군가에게 입양되었다고 들었습니다. 입양되기 전에는 선우연아라는 이름을 썼는데 지금은 어떻게 되었을지 저도 모르고 있고요."

"입양이라……."

박인혜도 입양되었다는 말에 잠시 생각했다.

사실 입양된 지 제법 시간이 많이 흘렀기에 아무리 검

예가의 힘을 동원해도 찾을 수 있다는 확답은 할 수 없었다.

차라리 미아를 찾거나 실종자를 찾는 편이 더 쉬울 정도로, 이미 어릴 때 입양되어 버린 사람을 찾는 것은 그만큼 어려웠다.

법적으로 모든 기록이 바뀌어 버렸으니 말이다.

그나마 희망이 있다면 아직 대한민국에는 국내 입양이 그리 활발하지 않기에 대충 입양된 사람들 순으로 찾아볼 생각이다.

재중처럼 무조건 뒤지는 게 아니라 검예가의 힘을 움직여서 최대한 입양되었을 년도와 날짜까지 알아내서 그 안에서 폭을 좁혀 여자아이를 입양한 사람을 찾으면 사실 완전히 불가능한 것도 아니었다.

정재계에 검예가의 손이 뻗지 않은 곳이 없으니 말이다.

"그보다 재중 씨, 저희 아버님이 한번 뵙기를 원하세요."

"저를요?"

"네. 이미 재중 씨의 손에 저뿐만 아니라 아버님까지 생명의 은혜를 입었어요. 다만 아버님의 자리가 가주여서 쉽게 움직이실 수 없기에 제가 대신 온 거예요."

"……."

재중은 가주라는 자리에 있기 때문에 오지 못했다는 인

혜의 말에 살짝 웃음이 나왔지만 겉으로 표현하진 않았다.

생명을 구해준 은인이다.

그런데 겨우 가주의 자리에 있다는 이유 때문에 움직이지 못한다? 뭔가 좀 말이 이상했다.

하지만 따지기보다는 권력의 정점에 있는 사람이었으니 그러려니 생각하기로 했다.

재중이 원하는 것은 검예가의 힘도, 권력도 아닌 오직 정보력만이었다. 그런 정보력은 박인혜를 통해서 얻는 것만으로도 충분했다.

"언제쯤 편하세요? 저희가 모시러 올게요."

혹시나 재중이 기분 나빠하지 않을까 하는 걱정스런 눈빛으로 눈치를 살피는 박인혜의 모습에 그냥 웃었다.

"저는 어차피 카페가 끝나면 남는 게 시간이니 저녁에라도 상관없습니다."

"그럼 카페 마치는 시간에 다시 찾아뵐게요."

재중이 전혀 기분 나빠하는 눈치가 없자 그제야 안심한 박인혜는 환하게 웃으면서 정중하게 인사하고는 조용히 밖으로 나갔다.

─마스터, 좀 배은망덕한 거 아니에요?

"응?"

박인혜가 나가자 테라는 뭔가 심통이 났는지 잔뜩 눈꼬리가 올라간 얼굴로 재중에게 다가와 투덜거리기 시작했다. 사실 재중은 테라가 뭐가 불만인지 대충 알고 있긴 했다.

"놔둬. 어차피 내가 원하는 것은 그들의 정보력뿐이야."

재중은 자신이 필요한 것 이외는 전혀 관심이 없다는 모습이지만 테라는 자신의 마스터가 무시당했다는 생각에 화가 단단히 난 듯했다.

─그게 좀 그렇잖아요. 죽어가던 늙은이 살려났더니 뭐? 찾아오라니, 나 참. 자기가 찾아와서 감사의 인사를 해도 모자랄 판에 뭐 그딴 인간이 다 있죠?

당장에라도 검예가에 헬파이어라도 한 방 날려서 아예 저택을 통째로 세상에서 지워 버리지 않으면 화가 풀리지 않는다는 듯 투덜거렸지만 재중은 그저 웃으면서 달랬다.

"기브 앤 테이크일 뿐이야."

─쩝. 뭐 마스터께서 그렇다면 어쩔 수 없지만요.

아무리 화를 내도 그녀의 마스터인 재중이 아니라면 그만이기에 어쩔 수 없이 표정을 푸는 테라이긴 했지만 양쪽 볼을 잔뜩 부풀린 것이 한동안 투덜거리는 것을 들어줘야만 할 것 같다는 생각이 드는 재중이다.

카페의 일과는 사실 별로 다를 게 없기에 무난하게 시간이 흘러 마칠 시간이 되었고, 마치 지켜보기라도 한 듯 정리가 모두 끝나자마자 다시 박인혜가 나타났다.

"모실게요."

"그럼 신세 좀 지겠습니다."

박인혜가 재중을 향해 항상 극도의 존경을 담아 대했기에 재중도 정중하게 대했다.

자기 목숨을 구해준 사람이니 어쩌면 당연한 일이다.

하지만 재중은 이렇게 박인혜를 따라가면서도 과연 검예가의 가주라는 늙은이도 박인혜와 같을까 하는 궁금증이 순간 들었다.

'뭐, 배신만 하지 않는다면 나야 상관없지.'

어차피 검예가 따위는 무서울 게 없는 재중이다.

그리고 다시 도착한 검예가의 대문 앞은 전에 왔을 때와는 조금 다른 풍경이었다.

수많은 차가 들락거리고 있었고, 대문의 문지방이 닳아 없어질지도 모른다는 생각이 들 정도로 사람들이 몰려들어 있었다.

"조금 달라졌죠?"

박인혜는 멋쩍은 듯 말하자,

"뭐 세상 사는 게 다 그런 거죠."

재중은 박인혜가 하려는 말이 뭔지 알고 있다는 듯 대답했다.

본래 정승의 말이 죽으면 문상을 가지만 정승이 죽으면 아무도 찾지 않는다는 말이 있듯, 곧 죽을 날만 기다리던 검예가의 가주에게 사람들이 찾아올 리 없었다.

왜냐하면 곧 죽을 테니 말이다.

늙은 가주가 죽고 나면 다음 가주가 나타날 것이고, 그 사람에게 잘 보이면 되니 더 이상 볼일이 없었던 것이다.

하지만 기적적으로(?) 늙은 가주가 완쾌가 되었다는 소문이 이미 조용하게 다 퍼져 버린 상태였다.

그러자 상황이 완전 뒤바뀐 것이다.

그리고 지금 제법 밤이 늦은 시간인데도 아직도 사람의 발길이 끊이질 않는 것을 보니 어쩌면 박인혜의 말대로 너무 바빠서 오지 못했다는 말이 사실일 수도 있겠다는 생각을 한 재중이다.

반면 박인혜는 왠지 부끄러운 것을 들킨 것 같은 표정을 조용히 혼자 지어 보였다.

"잠시만 기다려 주세요."

안내를 받아 저택 안으로 들어갔지만 워낙에 많은 사람이 오가는 상황이라 그런지 재중이 도착한 곳은 전에 검예가 가주를 치료했던 기와집 바로 옆이다.

생각보다 아담하면서도 옛날 느낌이 가득한 집이다. 한

눈에 옛날 전통 방식으로 지어진 기와집이라는 것을 알 수 있을 만큼 고풍스러운 느낌이 물씬 풍겼다.

드르륵.

문이 열리고 박인혜와 함께 가주가 들어오는데 그녀가 나간 지 불과 1분도 되지 않은 상황이라 재중의 입가에 미소가 잠깐 그려졌다가 사라졌다.

아무리 바로 옆에 있다지만 이토록 빨리 왔다는 것은 그만큼 기다리고 있었다는 말이다.

그리고 실제로 들어온 노인의 표정은 자만심이나 권력에 물들어서 탁한 눈동자가 아니었다.

오히려 전에 병석에 누워 있을 때보다 더 맑은 눈동자로 재중을 보고 있는 모습에 어쩌면 자신이 너무 최악의 상황까지 생각한 것이 아닌가 하는 생각이 들었다.

워낙에 대륙에서 혼자 드래고니안과 100년 동안 싸우다 보니 아무래도 최악의 경우까지 염려해서 싸우던 것이 습관이 되어버린 듯했다.

이곳에는 실질적으로 재중에게 위협이 될 만한 존재가 없는데도 말이다.

그리고 재중은 가주를 마주하는 순간 느낄 수가 있었다.

'마스터에 올랐군.'

전에는 병석이긴 하지만 마스터에 근접한 수준이었다.

하지만 불과 일주일 사이에 확실하게 마스터에 오른 모습으로 변해 있다.

마스터에 근접한 수준과 마스터는 완전 다른 것이다.

아무리 근접한 수준이라고 해도 결국은 그게 전부다.

모든 것을 다 쓸 수 있는 마스터와 마스터에 근접했다는 건 겨우 한 뼘 차이 정도로 들릴 수도 있지만 실제로는 하늘과 땅 차이였다.

마스터에 근접한 수준의 무인이 아무리 죽을힘을 다해 덤벼도 마스터는 절대로 이길 수가 없다.

"이야기는 들었네. 정말 고맙네."

진심으로 재중을 향해 감사의 말을 하는 모습에 재중도 웃으면서 대답했다.

"제가 원하는 것이 있어서 치료해 드렸을 뿐입니다."

"알고 있네. 며늘아이에게 들으니 여동생을 찾고 있다고 하더군."

"네."

"걱정 말게. 내가 직접 알아볼 테니. 적어도 국내에 있다면 찾는 것은 그리 어렵지 않을 것이네."

가주는 무조건 찾을 수 있다는 확신이 가득한 눈빛이다.

병들어 죽어가던 때라면 모르지만 온몸에서 활력이 넘치는 지금이라면 다르다. 자신의 명령 하나면 어디의 누가 어떤 속옷을 입었는지도 알아내는 것이 그리 어렵지 않다는 자신감이 은연중에 드러나 있다.

확실히 검예가의 가주가 부활한 이상 국내에서는 더 이상 그를 막을 자가 없을 것이다.

무력, 재력, 권력, 인맥까지 무엇 하나 아쉬울 게 없는 그였으니 말이다.

"그보다 자네, 내 밑에서 배워보지 않겠는가?"

가주가 들어오는 순간 재중이 그를 보고 그의 무력이 마스터에 올랐다고 판단했듯 가주도 재중을 보고는 첫눈에 그의 근골이 최고라는 것을 알았다.

물론 지금처럼 확실하게 재중의 근골이 좋다고 자신하는 것도 모두 마스터에 올라 그의 수준이 높아져서 그런 것을 본인은 아직 모르고 있는 듯하지만 말이다.

그가 병석에서 어떤 깨달음을 얻었는지는 모르지만, 비 온 뒤에 땅이 굳는다고 했던가?

확실히 되살아난 검예가의 가주는 오히려 병석에 눕기 전보다 더 대단해져 돌아와 있었다.

오죽하면 수제자들이 가주가 눈빛에 힘 한번 주면 조용해질 정도로 말이다.

사실 가주가 오락가락하는 동안 수제자들 사이에서 서로 가주가 되기 위한 알력 다툼이 제법 있었다.

하지만 재중 때문에 그런 것이 모두 물거품이 되어버렸으니 수제자들에게 재중은 재앙이지만 박인혜와 가주에게는 천하에 둘도 없는 은인인 것이다.

"본래라면 내가 직접 가서 인사를 하고 싶었네. 하지만 자리가 자리이다 보니 미안하게 되었네."

고개를 숙여 자신이 직접 찾아오지 못한 것을 사과하는 모습에 재중도 같이 고개를 숙였다.

"괜찮습니다."

"허허허허허, 그보다 자네의 그 능력은 숨기고 싶은 겐가?"

가주는 재중이 너무나 시원하게 받아주자 슬쩍 자신이 궁금했던 것을 물어봤다. 조용히 고개를 끄덕이는 재중이다.

"왜 그러나? 자네의 그 능력이면 수많은 사람을 구할 수가 있는데 말이네. 그 증거로 내 며늘아이와 내가 있지 않는가? 덕분에 내 손녀는 고아가 되지 않았고 말이네."

가주는 사실 자신이 살아나고 나서 재중의 행동에 대해서 듣고는 뭔가 좀 이상한 것을 느꼈다.

온몸에 퍼져 있던 암을 저렇게 쉽게 치료할 정도면 분명히 엄청난 능력을 가지고 있는 것이나 다름없는데, 인혜의 말을 들어보면 재중을 찾은 것도 정말 우연에 가까웠다는 것이다.

1년 동안 끊임없이 인혜가 모든 힘을 동원해서 재중을 찾아다녔기에 그나마 하늘이 감동해서 찾았지, 아니면 수년, 아니, 수십 년이 걸렸을지 알 수가 없다는 말을 들었다.

그 말을 들었을 때 가주의 머리에 떠오른 생각은 재중이 자신을 드러내고 싶어 하지 않는다는 것이다.

가주의 입장에서는 그런 능력이면 수십 명, 아니, 수백 명을 살릴 수가 있는데 왜 꽁꽁 숨어사는지 그 이유가 궁금하기에 슬쩍 물어보았다.

"모르시겠지만 제가 사람을 치료하는 데 기를 사용하면 그만큼 제 수명이 줄어듭니다."

완전 울트라 캡숑 왕구라다.

하지만 그런 것을 알 리가 없는 가주와 박인혜의 표정은 급격히 굳어지고 있다.

특히나 박인혜는 어찌할 바를 몰라서 허둥대는 모습까지 보이니 말이다.

"허엄, 그런 줄은 몰랐네. 하긴 그런 능력이라면 결코 쉽게 주어지진 않겠지."

"⋯⋯."

가주는 기 치료라는 것을 완전히 믿는 표정이었고 박인혜는 자신 때문에 재중의 수명이 줄어들었다는 것에 고개를 숙인 채 들 줄을 몰랐다.

재중은 귀찮음을 피하려고 얼떨결에 기 치료에 조금 더 거짓말을 보탰을 뿐이지만 거짓말치고는 왠지 납득이 가는 편이라 가주도 쉽게 넘어가 버렸다.

"하지만 난 따로 자네에게 보답을 하고 싶네. 아니, 오히려 꼭 해야만 하네. 어떤가? 원하는 것을 말해보게."

가주는 사실 재중에게 고마운 것도 있지만 한편으로는 이런 능력을 가진 사람을 가까이 두고 싶다는 욕심도 있었다.

물론 욕심만 앞세워서 후안무치로 행동했다면 재중이 아니라 테라가 먼저 검예가를 조용히 사라지게 했을 테지만 말이다.

가주는 딸이 있다면 아마 재중에게 지금 당장 시집보내고 싶은 마음이 들었을 정도였다.

얼굴도 저 정도면 남자가 봐도 잘생긴 얼굴이다.

몸은 말할 것도 없이 최고의 근골을 가졌고, 자신이 마음먹고 가르치면 아마 현재 수제자 수준은 무리 없이 도달할 것으로 생각되었다. 해서 대놓고 보답하고 싶다면서 계속 재중에게 접근하는 것이다.

물론 그런 것을 재중이 모를 리가 없었다.

"이미 제가 원하는 것은 말씀드렸습니다."

재중이 조용히 거절하자 오히려 안달 난 것은 가주였다.

"에이, 젊은 사람이 뭐가 그리 용기가 없는가? 자네라면 내 비전이라도 달라면 줄 용의가 있는데 말이네."

"아버님."

가주의 말에 박은혜가 놀라는 표정이 되어버렸는데, 그도 그럴 것이 현재 가주의 비전은 수제자들에게도 전해주지 않은 상태였다.

암이라는 것이 본래 모르고 있다가 갑자기 발병하는 병이다.

평생 운동으로 다져진 몸으로 살았던 가주는 쓰러질 때까지 자신이 암에 걸렸다는 것을 전혀 모르고 있다가 쓰러져 버린 것이다.

그래서 제자들에게 비전을 가르칠 기회가 없었다.

"어떤가? 내가 공짜로 가르쳐 주겠네."

하지만 재중은 웃으면서 고개를 저었다.

"전 배울 필요가 없습니다."

겨우 마스터에 오른 무인에게 배울 것이 있을 리가 없었다.

마스터를 가지고 놀 만큼 무섭게 강한 드래고니안을 상대로 100년간 전쟁을 했던 재중에게 검예가의 비전 따위는 애들 장난 수준이었으니 말이다.

하지만 가주는 그 말을 듣고 눈빛이 살짝 바뀌었다.

"자네가 뭘 모르는군. 검예가의 비전을 이어받은 자가 다음 가주가 될 수 있네. 지금 내 말은 자네에게 검예가를 물려줄 수도 있다는 말인데 그것도 싫다는 겐가?"

"…아버님, 설마……?"

박인혜는 설마 가주가 그 정도로 재중에게 마음이 있다는 것은 몰랐는지 심하게 놀랐다. 하지만 재중은 오히려 웃으면서 가주의 속뜻을 단번에 파악해 버렸다.

"제가 비전을 배워서 제 것으로 만든다면 그렇게 되겠지요. 하지만 비전을 제 것으로 하지 못한다고 해도 전 검예가의 사람으로 남을 테니 결국 이득을 보는 것은 가주님이 아닙니까?"

정확하게 가주의 의도를 찌르는 재중의 말에 가주가 호탕한 웃음을 터뜨렸다.

"쿠하하하하핫! 역시 내 눈이 틀리지 않았음이야. 근골에 오성까지 뛰어나다니. 맞네. 뭐, 늙은이의 욕심이라고 생각하게나. 사실 자네 같은 능력을 가진 사람이 곁에 있었으면 하는 욕심이 드는 것은 어쩔 수 없네. 나도 사람이니 말이야."

숨기는 것 없이 다 인정해 버리는 가주의 모습에 재중도 웃으면서 대답했다.

"전 조용히 이렇게 살려고 합니다. 잃어버린 여동생만 찾으면 되거든요."

말하면서도 한 치의 흔들림 없이 편안한 눈동자를 한 재중을 본 가주는 결국 한숨을 내쉴 수밖에 없었다.

"에휴, 어찌 젊은 사람이 그렇게 욕심이 없을꼬. 쩝."

재중과 같은 눈동자를 한 사람은 결코 주위에 아무리 유혹이 와도 흔들리지 않는다는 것을 잘 알고 있기에 가주도 결국은 포기하고야 말았다.

왜냐하면 자신도 한때 재중과 같은 눈빛을 보이면서 맹목적으로 무예를 배웠기에 잘 알고 있었다.

가족과 자식까지 등한시하면서 무예에 미쳐 있던 가주이기에 말이다.

"며늘아이야."

"네, 아버님."

"패를 하나 가지고 오너라."

"네, 아버님."

가주의 말에 조용히 일어난 박인혜가 사라지고 난 뒤 다시 들어오는데 손에 작은 상자 하나가 들려 있다.

그걸 넘겨받은 가주는 재중에게 내밀면서,

"그럼 이걸 받게나."

"……?"

원목을 깎아서 정교하게 만든 것으로 자체만으로도 제법 값어치가 있어 보이는 상자를 내밀자 재중은 고개를 갸웃거렸다.

"검예가의 패네."

가주가 내미니 이것도 거절하면 왠지 실례가 될 것 같아 우선은 받은 재중이다.

상자를 열어보자 그 속에는 반지가 하나 들어 있었다.

"패라고 하시더니 반지군요."

재중은 패라는 말에 그냥 평범한 것을 예상했다가 반지가 나오자 가주를 보며 물었다.

"요즘은 아무래도 옛날처럼 가지고 다니기 불편한 것보다 편한 것을 찾다 보니 반지로 바꿨을 뿐이네."

반지에는 정교한 글자로 검예가(劍禮家)라는 한자와 함께 아래쪽에 진(眞)이라는 한자가 새겨져 있었다.

너무나 정교해서 당장 인주를 묻혀 도장을 찍어도 될 만큼 한 치의 오차도 없는 글자였다.

"뭐 살다 보면 이런 일, 저런 일 있는 법이지 않겠나? 그럴 때 그걸 보여주면 도움이 될 걸세. 최소한 공무를 하는 사람이라면 다 알고 있는 패이니 말이네."

"……."

사실 재중에게는 이런 패가 딱히 필요한 일이 생길지 의문이지만 가주의 표정을 보니 이것마저 거절하면 뭔가 다른 것으로 어떻게든지 빚을 갚으려고 할 것 같아서 받기로 했다.

"감사합니다."

"감사는 무슨, 혹시나 이것마저 거절하면 어쩌나 했네. 그런데 자네 정말 나에게 무예를 배울 마음이 없는 겐가?"

"네. 전 배울 이유가 없기에 생각이 없습니다."

현대 사회에서 무예란 결국 몸을 건강하게 하는 것 그 이상의 의미가 없기에 가주는 그런 것으로 생각했다.

"쳇."

하지만 노골적으로 아깝다는 표정을 짓는 가주의 모습이 마치 어린애 같아서 재중이 입가에 미소를 띠자 박인혜도 옆에서 슬쩍 웃었다.

가주가 저렇게 웃는 것을 본 것이 언제였던가?

아들이 죽고 나서 스스로 자책하듯 더욱 스스로를 몰아붙였던 가주이다.

어쩌면 갑자기 암이 빠르게 진행되어서 온몸에 전이된 것도 모두 마음의 병이 있어서 그런 것일지도 몰랐다.

그때였을 것이다.

가주의 입가에서 미소가 사라진 것이 말이다.

손녀를 볼 때면 가끔 웃곤 했지만 인혜가 보기에 그 웃음은 오히려 슬픔에 가까우리만큼 처연해 보일 때가 많았다.

하지만 지금 재중과 함께 있는 가주는 완전히 예전 자신이 알고 있던 웃음을 짓고 있었다.

거기다 마음의 여유도 찾은 듯 장난스러운 표정도 자주 지어 보이고 말이다.

인혜는 이런 모든 것을 찾아준 재중이 너무나 고마울 뿐이었다.

자신의 생명과 가주의 생명뿐만이 아니다. 그로 인해 검예가는 평안해지고 자신의 딸도 무탈하게 클 수 있는 모든 조건이 만들어졌다.

"뭐, 한동안 바빠서 몸을 뺄 수 없지만… 어떻게든 시간 내서 꼭 자네 카페를 찾아가겠네. 기필코 말이야."

"언제든지 환영합니다. 다만 저희는 영업을 저녁 10시에 마칩니다. 그것만 명심하시면 됩니다."

"엇? 허허허허허허허! 뭐, 그렇게 하지."

그때 방문이 열리면서 전에 가주가 누워 있을 때 본 적이 있는 수제자 한 명이 들어왔다.

"스승님, 저기… 그곳에서 손님이 오셨습니다."

"그래? 쩝, 안타깝지만 이만 일어나야겠군."

가주는 조금이라도 더 재중과 함께 있고 싶은 마음이 많았지만 가주라는 위치에 있다 보니 어쩔 수 없이 일어나야만 했다.

"미안하게 되었네. 이만 난 일어나 봐야 할 것 같네."

"저도 이제 일어날 생각이었습니다."

가주가 일어나자 재중도 같이 일어났다.

"며늘아이야."

"네, 아버님."

"잘 모셔 드려라."

"네."

마지막으로 인혜에게 당부를 한 가주가 먼저 나가자 수제자도 뒤따라 나가는 듯하더니 멈춰 서서 고개를 돌려 재중을 쳐다보았다.

"……."

말없이 그저 잠깐 재중을 쳐다보는 것뿐이었지만 민감한 재중의 감각에는 바로 살기가 걸려들었다.

"그럼 다음에 뵙겠습니다."

불과 1~2초 정도였지만 그렇게 수제자는 인사를 하고 나갔다.

소개도 하지 않고 그냥 인사만 하고 나가 버리는 모습에 박인혜가 황급히 웃으면서 변명했다.

"아버님의 수제자인 김인철 씨예요. 제 남편과는 친구 사이였어요."

씨익~

재중은 급하게 설명하는 박인혜의 모습에 그저 외부인이
니 아무래도 경계하는 듯해서 가볍게 넘겨 버리듯 웃음으
로 대답을 대신했다.

재중은 들어갔을 때처럼 조용히 저택을 나와서는 아무
일도 없었던 것처럼 카페로 돌아왔다.

"카페를 운영하는 거 재미있나요?"

이제 인사를 하고 헤어지려는데 문득 박인혜가 물어왔
다.

재중은 고개를 끄덕였다.

"나름 재미있는 편입니다."

사실 테라가 카페를 해야 된다고 강력하게 밀어붙여서
어쩔 수 없이 시작한 거였다. 하지만 하다 보니 젊은 사람
들을 자주 만나고 단골 장사다 보니 손님 대부분이 가볍게
인사하거나 농담하면서 친하게 지낼 정도라서 나름 재미가
있었다.

사실 미녀가 많기로 소문난 미화여대의 단골손님이니 그
녀들 상대로 남자라면 당연히 재미가 있어야만 했다.

다만 재중이 대륙에 있을 때 사람을 상대로 친하게 지내
지 않았다 보니 혹시나 대인기피증이 아닐까 오해를 한 테
라가 억지로 우겨서 카페를 열었다는 것은 본인은 모르고

있지만 말이다.

　　그리고 재중은 지금도 또 다시 모르고 있었다.

　　박인혜가 왜 그런 질문을 했는지 그 의도를 말이다.

　　다음날 카페 오픈 시간에 맞춰서 편한 옷차림에 환하게 웃는 얼굴로 찾아온 박인혜를 보기 전까지는.

Chapter 07
은혜

재중귀환록

—마스터, 괜찮을까요?

　벌써 6일째다.

　박인혜가 카페로 출근한 지 말이다.

　사실 처음에는 그냥 놀러 온 것으로 생각했던 재중이지
만, 그게 이틀이 되고 사흘이 되면서 뭔가 이상하다는 것을
느끼기 시작했다.

　박인혜는 시간이 지날수록 너무나 자연스럽게 테라에게
접근하더니 커피를 내리는 기술 등을 배우기 시작했다.

　그러고는 오늘 6일째가 되는 날부터는 아예 재중과 함께

주문을 받으면서 본인이 직접 가서 커피를 내려주는 게 아니가?

사실 인혜의 실력이 부족한 것은 아니었다.

거기다 특유의 부드러우면서도 사람을 편안하게 하는 인상 때문인지 남자들은 아예 은근히 인혜가 오길 바라는 경우도 있었다. 더구나 여자들도 인혜를 좋아했으니 말이다.

사실 5일째 되는 날 뒤늦게 인혜의 행동이 뭔가 이상하다는 것을 깨달은 재중이 슬쩍 불러서 더 이상 오지 않아도 된다고 말했다.

그때의 대가라면 여동생을 찾아주는 것으로 모두 끝난 것이 아니냐면서 말이다.

그런데 오히려 인혜는 당당하게 말했다.

"제 목숨을 구해준 것은 아직 남았어요."

뭐든지 해야만 자신이 편하다고 부탁했다.

물론 재중은 사실 나쁘진 않았다.

단골 장사라고는 하지만 수시로 테이블이 만석이 될 만큼 손님이 많았고, 커피를 직접 테이블에 가서 갈아서 내려주는 특성 때문에 손이 많이 가는 편이기 때문에 한 명이라도 더 있으면 나쁠 건 없었다.

하지만 테라나 재중이 보기에는 지금 인혜의 행동은 너

무 의욕이 앞서서 주위를 보기 않고 돌진하는 들소와 같았다.

―마스터, 제가 이야기할까요?

같은 여자가 이야기하면 그래도 편하지 않을까 해서 테라가 말하자 재중이 고개를 흔들면서 거절했다.

"이따가 내가 이야기할게."

―네. 쩝.

우선 지금은 손님이 한참 많은 시간이라 내버려 두는 재중이다.

그리고 저녁 10시, 단골 장사다 보니 손님도 모두 마치는 시간을 알기에 이미 다 빠져나간 텅 빈 카페에 재중과 박인혜가 서로 마주 보고 앉아 있다.

"더 이상은 오지 않으셔도 됩니다."

"아니… 제가 편해서 오는 거예요."

인혜도 재중이 또다시 한마디 할 것을 예상했는지 슬픈 표정을 지으면서 바로 애원하기 시작했다.

하지만 지금 인혜를 보내지 않으면 어영부영 검예가와 연결고리가 계속해서 만들어질 것 같아서 강하게 나가기로 한 재중이다.

"검예가의 며느리라는 분이 이곳에서 일하는 거 보기 좋지 않습니다."

"상관없어요."

"그럼 이제 엄마 품이 필요한 딸도 버려두고 일하실 겁니까?"

"…그, 그건……."

재중이 비장의 카드인 딸을 끄집어내자 곧 입을 다물어버리는 인혜였다.

"아이는 부모의 손에 자라야 행복합니다. 그리고 제가 인혜 씨를 구해준 것은 모두 우연일 뿐입니다. 인혜 씨의 운명이 죽을 운명이 아니었다는 거죠. 그리고 전 대가를 바라고 구해준 적이 없기에 받을 것도 없습니다. 이만 오늘을 끝으로 더 이상 오지 말아주셨으면 합니다."

"그게… 하지만……."

끝까지 미련을 버리지 못하는 인혜의 모습에 재중은 조용히 먼저 일어서면서 말했다.

"손님으로서는 환영합니다. 하지만 이런 식으로는 제가 불편합니다. 물론 손님이라도 와서 자리 차지하고 오랫동안 앉아 있는 것은 안 되는 거 아시죠?"

아예 오더라도 잠깐 손님으로만 허용한다는 재중의 말에 어쩔 수 없이 인혜도 조용히 일어섰다.

다른 것은 솔직히 다 무시할 수 있었다.

검예가의 가주도 인혜가 재중의 곁에서 일을 도와주는

것을 알면서도 일부러 모른 척하고 있다는 것을 알고 있으니 말이다.

하지만 자신의 딸만큼은 결코 그럴 수가 없었다.

그저 은혜를 갚아야 한다는 생각에 앞뒤 볼 것도 없이 움직인 거였다.

그게 자신의 핏줄이자 죽은 남편과의 마지막 남은 흔적인 딸마저 모른 체하는 일이라는 것을 재중의 말을 듣고서야 뒤늦게 깨달은 것이다.

정중히 재중이 카페 밖까지 안내하자 하루 종일 어디서 기다렸는지 인혜가 나오자마자 두 명의 경호원이 나타났다.

"그동안 고마웠습니다."

"네. 그럼 가볼게요."

마지막까지 아쉬움이 남는지 쉽게 발걸음을 돌리지 못하는 인혜의 모습에 재중은 먼저 고개를 돌려 카페 안으로 들어가 버렸다.

"마님, 가시죠."

인혜의 경호를 담당하고 있는 자들은 검예가의 3대제자로 모두 인혜의 죽은 남편과 관련이 있는 사람이다.

한마디로 그 누구보다 박인혜가 믿을 수 있는 사람들이라는 것이다.

─이제야 갔네요.

테라는 인혜가 골목으로 사라지는 것까지 확인하고서야 한숨을 내쉬면서 재중에게 다가왔다.

"왜? 힘들었어?"

테라가 웬만하면 앓는 소리를 하지 않는데 인혜에게만큼은 이상하게 힘들어하기에 슬쩍 물어봤다.

─저 성격, 정말 제가 싫어하는 성격이에요.

"응? 싫어하는 성격이라니?"

─그 뭐냐, 차분하면서도 마치 모든 것을 받아들이겠다는 듯한 저런 성격 말이에요.

"응? 그게 뭐가 어때서?"

테라가 싫어하는 이유를 들은 재중은 오히려 다들 좋아하는 성격이기에 물어봤다.

─재수 없어요!

생각해 볼 것도 없다는 듯 단정적으로 싫은 티를 팍팍 낸다.

─저런 성격이 대륙에도 있었는데 정말 저와 상극이라 딱 질색이에요.

"저런 성격이 있었어? 의외네."

대륙은 완벽한 계급으로 사람이 나눠지는 곳으로 태어날

때부터 귀족으로 태어나면 귀족이고 노예로 태어나면 노예로 사는 곳이다.

그렇다 보니 인혜와 같이 모든 것을 포용하는 성격을 가진 사람이 없으리란 법은 없지만 쉽지 않은 것도 사실이었다.

―마스터는 만나본 적이 없을 거예요. 그전에 드래고니안에게 죽었으니까요.

"그래? 누군데?"

테라가 저렇게 노골적으로 누굴 싫어한다고 한 적이 처음이라 호기심이 생긴 재중이 물어봤다.

―성녀예요, 성녀!

"성녀? 그 뭐냐, 신의 계시를 받는 그런 성녀?"

―네, 정말 재수 없어요. 그 인자한 듯한 표정 속에 끝없는 착한 성격이란 정말… 쳇.

재중은 딱히 테라가 성녀를 왜 싫어하는지는 모른다.

하지만 테라는 드래곤이 인공적으로 만들어낸 영혼이다.

어쩌면 인공적인 영혼이기에 한없이 순수에 가까운 성녀를 싫어할지도 모른다는 생각이 들었다.

대충 들어보면 테라도 자신이 왜 성녀를 그렇게 싫어하는지 말하지 않았다.

그걸 보면 말하기 싫거나 아니면 자신도 모르거나 둘 중에 하나일 것이다.

물론 재중의 생각이 다 맞는 것은 아니지만 100% 틀린 것도 아니었다.

재중은 모르지만 테라는 재중을 만나기 전까지 드래곤들이 사라져 버렸기에 가디언으로서 할 일도 없어 유유자적 그냥 여행을 다니면서 살아왔다.

그러다 우연히 성녀와 마주쳤는데, 신의 힘을 사용하는 성스러운 힘으로 테라의 본질이 인공적으로 만들어진 영혼이라는 것을 안 성녀가 테라를 보면서 눈물을 흘리며 안타까워했다.

하지만 드래곤이 만든 영혼답게 자존심이 하늘을 찌르는 테라는 자신을 보면서 눈물을 흘리는 성녀의 행동이 마치 자신을 불쌍하게 보고 우는 것으로만 여겨졌던 것이다.

당연히 대판 싸움이 벌어졌고, 그 당시 성녀의 힘이 조금 더 강해서 결국 물러난 것은 테라였다.

동정을 받은 데다 싸움에도 패했으니 테라의 자존심에 엄청난 금이 가버렸고, 그 후로 성녀와 비슷한 성격을 가진 사람을 극도로 싫어하게 되었다.

너무나 부끄러운 과거라서 테라는 절대로 말하지 않을

것이다.

테라는 왠지 이대로 계속 이야기가 진행되면 재중이 왜 싫어하는지 이유를 물어볼지도 모른다는 생각에 황급히 화제를 돌렸다.

—마스터, 내일 고등검정고시 치르는 날이죠?

"응? 내일이었어?"

갑자기 조용하던 재중의 생활에 인혜가 나타남으로 인해 조금 바쁘다 보니 고등검정고시 시험 날이라는 것도 잊어버리고 있었다. 재중은 주머니에서 스마트폰을 꺼내 날짜를 확인했다.

"그러네."

—뭐, 어차피 마스터라면 당연히 수석이죠?

오히려 수석을 하지 않으면 마스터로 인정하지 않을 것 같은 테라의 모습에 재중은 웃으면서 말했다.

"아직 시험을 치르지도 않았는데 설레발치는 것은 실례야."

—아니에요. 마스터는 무조건 수석이어야 해요.

이상하게 테라가 수석이라는 것에 집착하는 모습을 보이자,

"왜? 수석이 아니면 의미가 없어?"

재중이야 그냥 대학을 들어갈 정도의 실력만 되면 된다

고 생각했기에 딱히 검정고시에서 수석에 대한 욕심은 없었다.

하지만 테라가 이상하게 수석 합격을 강조하자 궁금해서 물어봤다.

―1등만 기억하는 더러운 세상이잖아요.

"응?"

순간 재중은 테라가 하는 말을 이해는 하지만 뭔가 어감이 이상해서 자신도 모르게 물끄러미 쳐다봤다.

―그 뭐냐, 제가 알아본 정보에 의하면 이 대한민국이라는 나라는 1등만 기억한다고 하던데요? 여기 오는 여대생들에게 물어봐도 다들 그렇다고 하구요. 그러니 마스터께서는 무조건 수석으로 검정고시를 패스해야 해요. 중등고시나 초등고시는 어차피 고등고시를 치르기 위해 지나가는 단계이니 상관없지만 내일 마스터께서 치러야 하는 고등검정고시는 가장 중요한 시험이잖아요. 그러니 수석! 그것만이 1등만 기억하는 이 더러운 세상에 마스터께서 우뚝 설 수 있는 기회라고 생각해요.

"…그래, 알았다, 알았어."

뭐랄까, 테라가 오묘하게 맞는 말을 하고 있는데도 그 말을 듣고 있는 재중은 가슴이 살짝 답답해지는 것을 느낄 수밖에 없었다.

이론적으로 보면 1등만 기억하는 세상은 분명히 잘못된 세상이다.

하지만 현실은 어떤가? 1등 이외는 기억하지 못하는 것이 바로 현실의 세상이지 않는가?

이미 현실에는 1등이나 2등이라는 선택지 자체가 없었던 것이다.

최고가 아니면 조용히 잊히는 것, 그것이 바로 세상이었으니 말이다.

반면 테라의 말은 재중에게도 다시 자신의 상황을 생각해 보는 계기가 되기도 했다.

어차피 여동생을 찾는다면 이왕이면 멋진 오빠로, 어떠한 상황에도 여동생이 자신을 의지할 수 있는 오빠로 있고 싶은 욕심이 있으니 말이다.

이렇다 보니 뜻하지 않게 재중은 고등검정고시 수석 합격이라는 것에 욕심이 생기기 시작했다.

―마스터~

"응?"

왠지 콧소리가 가득 들어간 테라가 부르는 소리에 재중이 슬쩍 눈을 돌려 쳐다봤다.

―내일 가게 문 닫아요?

"왜?"

뜬금없이 가게 문을 닫아야 한다는 테라의 말에 되물어 봤다.

—내일 마스터의 역사적인 고등검정고시 보는 날이잖아요. 그런 날에는 제가 꼭 가서 응원해야 해요.

"됐다."

—무슨 말을 그렇게 하세요? 마스터의 찬란한 대학 생활을 결정짓는 중요한 시험을 혼자서 가다니요. 그건 있을 수 없는 일이에요. 암~ 그렇고말고요.

겉으로 보기에는 정말 재중을 위해서 엄청난 열변을 토하고 있는 모습이다.

마치 웅변을 하면서 어떻게든지 자신이 꼭 재중을 따라가야 한다는 것을 증명하려는 듯이 말이다.

그런데 과연 순수하게 재중을 응원하려는 의도일까?

"너 시험장 따라와서 마법으로 뭔 짓 하려는 거지?"

뜨끔!

정확하게 재중이 핵심을 찌른 한마디에 0.001초 정도 테라의 표정이 굳었다가 풀렸다.

보통 사람이라면 절대로 알아볼 수 없을 만큼 아주 찰나의 순간이었지만, 그건 보통 사람들 이야기이고 재중이 그걸 놓칠 리가 없었다.

"따라오면 3개월간 소환 금지. 더불어 그 기간 동안 아르바이트생 구한다."

―쳇!

역시나 재중의 느낌대로 재중이 수석 합격을 할 수 있도록 모종의 계획을 짠 것이 분명했다.

저 녀석은 머리가 좋고 사리 분별력과 적응력이 정말 놀라울 만큼 빠르지만 독선적인 성격이 문제였다.

자신이 해야 되고 원하는 것을 꼭 해야만 하는 그런 성격 말이다.

특히나 재중과 관련된 일에는 심하면 물불을 가리지 않고 덤벼들 때도 있기에 재중이 적당히 알아서 아예 시작도 하지 못하도록 잘라 버릴 수밖에 없었다.

물론 대부분은 흑기병이 다 잘라 버리지만 이처럼 재중이 직접 잘라 버리는 경우도 있었다.

"테라."

―네, 마스터.

입이 오리 주둥이만큼 튀어나온 테라가 몸을 흔들면서 대답은 하지만 재중을 쳐다보지 않는 것을 보니 삐친 것이 확실했다.

"철 좀 들자. 너 살아온 세월이 얼만데……."

―여자는 결혼해서 자식을 낳아야 철든대요. 그러니 전 아직 괜찮아요. 메롱!

획~

재중에게 헛바닥을 내밀면서 약 올리고는 그대로 돌아서 지하에 마련된 숙소로 내려가 버리는 테라의 모습에 재중은 그저 자그마하게 입가에 미소를 지을 뿐이다.

"후후훗."

테라를 보고 있으면 왠지 여동생을 마주하고 있는 기분이 들 때가 많았다.

삐치고 토라지고 야양을 떨면서 애교를 부리는 것까지 모두가 재중에게는 여자로서의 느낌보다는 잃어버린 여동생의 느낌이 더 강하게 들었다.

어쩌면 테라는 그런 재중의 마음을 알기에 일부러 더 저렇게 철없이 행동하는지도 모른다는 생각이 들 때도 있었다.

테라가 살아온 세월이 수천 년이라고 했다.

그동안 드래곤과 살아오면서 배운 지식이 얼마나 많을지는 재중으로서도 상상조차 하지 못할 정도이니 말이다.

거기다 재중은 알고 있었다.

테라는 마법사답게 모든 행동에는 이유와 함께 계산이 깔려 있다는 것을.

어쩌면 재중을 위로하기 위해서 저러는지도 모른다.

잃어버린 여동생에 대한 외로움을 조금이라도 달래주려

고 말이다.

물론 그렇게 보기에는 너무 들이대는 경우가 많아서 헷갈릴 때도 있지만 근본적으로 테라나 흑기병은 재중에게는 가족이나 마찬가지였다.

Chapter 08
시험

재중귀환록

—헐! 왜 또 왔어요?

　카페 문을 열어놓고 재중이 막 시험장으로 나서려는 순
간 다시 카페 문이 열리면서 박인혜가 들어왔다. 테라는 노
골적으로 싫은 표정을 지어 보였고, 재중은 어제 그렇게 말
했는데 또 왔다는 것에 난감한 표정이다.

　어제의 모습을 생각하면 분명히 그대로 돌아갔을 것이라
고 생각한 것이다. 전혀 예상조차 하지 않은 박인혜의 등장
에 당황스러웠다.

　"오늘 검정고시 시험 보러 가시는 날이죠?"

"네? 네, 그거야 맞습니다만… 그걸 어떻게 아신 거죠?"

재중의 표정이 살짝 차갑게 변했다.

아무리 서로 부탁하고 부탁 받은 사이라고 하지만 사생활까지 알고 있는 것은 누구라도 기분 나쁠 수밖에 없다. 재중의 표정이 싸늘해지는 것에 박인혜는 당황했다.

"오해하지 마세요. 전 저기 달력에 쓰여 있는 것을 보고 알았어요."

"달력?"

인혜의 말에 재중이 그녀의 손가락을 따라 고개를 돌려보니 카운터 바로 옆 벽에 걸려 있는 작은 달력에 빨간 동그라미에 '마스터 검정고시 날'이라고 앙증맞은 글씨로 쓰여 있는 것이 아닌가?

"……"

재중도 익히 잘 알고 있는 글씨다.

그리고 그 글씨를 쓴 주인을 향해 고개를 돌리자,

—헤헤헤헤, 잊어먹지 않으려고요.

테라는 상큼하게 웃으면서 살짝 귀여운 표정을 지어 보였지만 그게 재중에게 먹힐 리가 없었다.

"오늘까지만 도와드릴게요. 두 명이서 하기에도 빠듯한 카페에 재중 씨가 빠지면 그만큼 더 바쁘잖아요."

"……"

분명히 알아듣도록 말했는데도 박인혜가 다시 왔다는 것에 재중은 작은 한숨과 함께 테라를 슬쩍 보았다. 테라는 강하게 고개를 흔들면서 절대로 허락하지 말라는 표현을 온몸으로 하고 있다.

그런데 이런 상황이 벌어진 것도 테라의 실수 때문이고, 테라와 박인혜는 상극이기도 했다.

인혜 쪽이야 모르지만 테라는 박인혜의 성격을 노골적으로 싫어했으니 말이다.

"그럼 하루만 부탁드리겠습니다."

—마스터!!

설마 재중이 허락할 줄은 몰랐다는 듯 커다란 배신감에 절망한 표정으로 쳐다보는 테라에게 손가락으로 달력을 가리키면서,

"개인 정보는 함부로 노출하지 않는다. 알지?"

—…마스터, 너무해요.

달력에 자신이 써놓은 것이 발목을 잡을 줄은 몰랐던 테라가 분한 듯한 표정을 지었다.

"그럼 흑기병이랑 같이 있을래?"

—마스터, 안녕히 다녀오세요.

흑기병이란 말에 바로 꼬리를 내려 버리는 테라였다.

차라리 박인혜와 있는 게 낫지 흑기병이랑 있으면 재중

이 없는 상황에 무슨 사고가 벌어져도 벌어질 테니 말이다.

"저기… 차 없으면 타고 가세요."

박인혜는 자신이 타고 온 차까지 재중에게 내어주었지만 그건 재중이 단호하게 거절했다.

"카페에 일을 도와주시는 것만으로도 감사드립니다. 더 이상은 실례이기에 사양합니다."

그리고는 카페를 나왔다.

어째 계속 박인혜와 엮이는 분위기긴 하지만 거래 조건이 있기에 아주 안 볼 수도 없다.

아니, 오히려 그런 사이기에 더 인혜의 접근이 불편한지도 몰랐다.

박인혜에게 재중은 자신의 생명과 더불어 시아버지인 검예가 가주의 목숨까지 살린 생명의 은인이다.

그런데 재중은 전혀 그렇게 생각하고 있지 않았다.

그저 박인혜를 살린 것은 그녀의 운이 좋았을 뿐이다.

그리고 가주를 살린 것은 정당한 거래를 위한 대가였다.

검예가의 가주에게는 암을 치료하고 살아나는 것이 가장 중요한 일이었듯 재중에게는 자신의 여동생을 찾는 것이 최우선으로 중요한 일이었기에 재중의 입장에서는 동등한 거래를 한 것이다.

한쪽은 평생 갚아도 다 갚지 못할 은혜를 받았다고 생각하고 있고, 한쪽은 평범한 거래라고 생각하고 있으니 재중으로서는 불편할 뿐이었다.

그보다 재중이 이해되지 않는 것은 검예가의 가주였다.

"도대체 자기 며느리가 다른 남자를 찾아다니는데 왜 가만 있는 거지?"

남편이 죽었다고 하지만 검예가의 성격이나 느낌을 봐서는 박인혜가 이렇게 밖으로 돌아다니는 것도 문제가 될 것 같아 보이는데 신기하게도 검예가의 가주는 전혀 아무 말도 하지 않고 있는 것이다.

가주가 묵인하지 않았다면 박인혜가 이렇게 계속 찾아온다는 것은 말이 되지 않았다.

"아, 그냥 오늘까지만 도와주고 그 후로는 손님으로만 오라고 단단히 말해놔야겠다."

목숨을 구해줬다는 이유로 무조건적인 희생을 받을 생각도 없고 그걸 좋아하지도 않는 재중이다.

"어머, 환상의 카페 마스터 오빠죠?"

"……?"

한창 생각하며 걷다가 불쑥 튀어나온 여자 때문에 멈춰선 재중은 곧 자신을 부른 사람이 누군지 알아볼 수 있었다.

"네, 임서연 씨."

"어머, 제 이름 알고 계시네요?"

재중은 카페에 찾아와서 회원 등록한 사람의 모든 이름과 얼굴을 외우고 있으니 당연했다.

딱히 카페 회원이 된다고 해도 특혜는 없었다.

그 흔한 쿠폰도 없었으니 말이다.

유일하게 하나 혜택이 있다면 생일날에 작은 케이크 하나 선물해 주고 재중이 직접 생일 축하 노래를 불러주는 것이 전부였다.

그런데 어찌 된 것이 테라의 제안으로 딱 한 번 이벤트를 했을 뿐인데 어떻게 알았는지 다음날 단골손님이 모두 회원 가입을 해버렸다.

그것도 가장 예쁜 스티커 사진까지 붙여서 말이다.

"단골인데 모르면 그게 더 이상하죠."

순식간에 접대용 미소를 지어 보이면서 가볍게 대답했다.

"어쩐 일이세요? 카페 밖에서 보는 건 처음이네요."

"볼일 보러 가는 길이에요."

"아, 그럼 오늘은 카페에 없으세요?"

재중이 볼일 보러 나간다는 말에 살짝 실망한 표정을 짓는 서연이다.

"오후에는 돌아옵니다."

"그래요? 잘됐네요. 저도 볼일 때문에 오후에나 갈까 했는데. 그럼 카페에서 다시 봬요~"

그리고는 임서연과 헤어진 재중이다.

문제라면 버스를 탔는데 다시 임서연과 만났다는 게 좀 의외였지만 말이다.

"또 보네요, 사장님?"

"그러네요."

한 번도 아니고 두 번이나 만난다는 게 쉽지 않은 일이기에 재중도 조금 의외라는 듯 놀라서 대답하자,

"에이, 설마 내리는 곳까지 같을까?"

임서연이 우연이지만 한 번도 마주치기 힘든 재중과 연달아 두 번이나 마주쳤다는 것에 장난 삼아 자신이 내릴 곳을 말했다.

"사장님도 설마 ○○○ 고등학교에서 내리시는 건 아니죠?"

"맞는데요."

"헐! 대박!"

정말 혹시나 하는 생각에 장난삼아 물어봤는데 맞는다고 하자 오히려 임서연이 더 놀라 버렸다.

그런데 놀란 가슴이 살짝 진정되자 목적지에 생각이 미쳤다.

지금 자신이 가는 그 고등학교는 오늘 특별한 시험이 있

는 곳이기도 했다.

설마 이것도 맞지는 않겠지 하는 생각에 임서연이 조심스럽게 물었다.

"혹시… 거기 검정고시 시험 치러 가세요?"

"네."

슬쩍 한 질문에 너무나 재중이 너무도 당당히 대답해 오히려 어색해져 버린 서연이다.

재중은 오히려 어색해하는 서연의 모습에 왜 그러냐는 듯한 표정이지만 서연은 마치 자신이 실수한 것처럼 얼굴이 붉어지면서 고개를 푹 숙이고 있다.

'거기 오늘 고등검정고시 시험 치는 날인데… 거기 시험 보러 가는 거면 카페 사장님 중졸이라는 거잖아. 아, 어떡해. 실수했다.'

당연히 고등검정고시를 치르는 사람이니 중졸 학력이라는 것을 자신이 알아버렸다는 것에 오히려 임서연이 미안해서 고개를 들지 못하는 상황이 벌어져 버린 것이다.

정작 당사자인 재중은 아무렇지도 않은데 말이다.

어쩌다 보니 상황이 그렇게 되어서 버스에서 내릴 때까지 고개를 들지 못한 서연이다.

학력이 그 사람의 잣대가 되는 대한민국에서는 임서연이 미안해하는 것은 어떻게 보면 당연했다.

자신은 나름 국내에서 알아주는 미화여대를 다니고 있는 상황이었으니 말이다.

"저기… 죄송해요. 일부러 그런 건 아닌데…….."

"뭐가요?"

재중은 임서연이 버스에서 내리고 한참을 우물쭈물하더니 황급히 사과하는 모습에 오히려 되물었다.

"저기… 그게… 사장님이 절대로 중졸이라는 거 소문 안 낼게요. 진짜예요."

어째 사과하는 임서연의 모습이 더 어색해 보여 재중은 편안하게 웃으면서 말했다.

"그게 무슨 상관이죠?"

"그야… 뭐… 그렇긴 한데…….."

막상 사과한 임서연도 자신이 뭘 그렇게 잘못한 건지 알 수가 없었다.

무조건 자신이 실수했다는 생각만 머릿속을 가득 채우고 있을 뿐이니 말이다.

"그리고 참고로 전 초등학교 중퇴입니다. 모두 검정고시를 통해서 패스했으니 오히려 제 학력을 높게 봐주셨네요."

오히려 아무렇지 않다는 듯 웃으면서 말하는 재중의 모습에 임서연은 이상하다는 생각이다.

"저기… 기분 나쁘지 않으세요?"

보통은 학력 미달이라는 말을 들으면 기분 나빠하는 게 당연했다.

현재의 사회는 대학도 웬만큼 알아주는 곳이 아니면 입사원서조차 제대로 낼 수 없는 곳이 태반이니 말이다.

이태백이라는 말이 그냥 생긴 게 아니었다.

IMF가 터지고 나서 대학은 더 이상 대학이 아니라 취업을 위한 입시학원으로 변해 버렸다.

취업을 위한 하나의 스펙이 되어버린 것이다.

그걸 가지지 못한 사람은 당연히 낙오자가 될 수밖에 없는 것이 현재의 사회이기에 임서연이 자신도 모르게 미안해하는 것은 어쩌면 사회적으로는 당연한 반응이었다.

"왜요?"

"그야 뭐……."

못 배운 것을 자신이 알았는데 오히려 되묻는 재중의 말에 임서연이 할 말이 없어져 버렸다.

부끄러운 것도 상대의 감정이 반응이 있어야 하는데 재중이 너무나 태연하니 오히려 미안해한 임서연 자신이 이상하게 느껴지기 시작한 것이다.

"검정고시로 패스하고 원하는 대학 들어가면 되는데 뭐가 부끄럽다는 거죠?"

"…그, 그러네요."

"그럼 전 이만. 시험 시간이 다 되어서요."

"아, 네, 죄송해요. 시간만 뺏었네요."

"아니에요. 나중에 오시면 서비스로 커피 드릴게요."

"네."

그렇게 임서연과 헤어진 재중이지만 이내 정말 세상이 좁다는 것을 다시 한 번 경험해야만 했다.

"……."

임서연이 시험 감독관으로, 그것도 재중이 시험을 치는 시험장에 들어온 것이다.

"……."

"……."

이번만큼은 서연과 재중 둘 다 서로를 잠시 몇 초간 멍하니 쳐다보다가 그저 웃어버릴 수밖에 없었다.

한 번은 우연이고 두 번은 인연이고 세 번은 필연이라고 했던가? 그렇게 따지면 서연과 재중은 필연일지도 몰랐다.

다만 그건 나중에 두고 봐야 할 일이지만 말이다.

하지만 세상 참 좁다는 것을 동시에 느끼고 있는 재중과 서연이었다.

*　　　*　　　*

"젠장!!"

쾅!

김인철은 거칠게 눈앞에 놓인 벽돌을 주먹으로 부숴 버리고도 오히려 스트레스가 쌓이는지 표정이 더 일그러졌다. 결국 김인철은 쓸데없이 벽돌을 부수는 것을 그만뒀다.

"젠장! 어디서 그런 놈이 튀어나온 거야? 빌어먹을! 인혜년이 살아난 것도 짜증났는데 영감탱이까지 살아나다니……."

검예가의 수제자로 있는 김인철의 입에서 튀어나온 말이라고는 믿어지지 않았다.

박인혜를 서슴없이 인혜 년이라고 하는 것도 모자라 검예가의 가주를 영감탱이라고 말하고 있으니 말이다.

"그쪽의 반응은?"

김인철이 나직하게 말하자 조용히 천장에서 복면인 하나가 떨어져 내렸다.

"이번 일이 실패한 것에 많이 놀라고들 계십니다."

"그쪽에서 놀라는 것보다 내가 더 놀라고 있다."

"뭐… 소가주님의 마음도 모두 이해하신다고 그분들께서 말씀하셨습니다."

김인철을 소가주라고 칭하는 복면인은 김인철을 치켜세우면서도 은근히 감시하는 듯한 눈빛을 보이고 있었다.

무엇보다 둘 사이의 대화를 보면 복면인은 검예가 쪽 사람도 아닌 것 같았다.

"나를 소가주라고 칭하지 말라고 했거늘!"

혹시나 방금 복면인의 말을 누가 들었을지 슬쩍 곁눈질로 살피는 김인철의 모습에 복면인은 작게 웃었다.

"크크큭, 걱정하지 마십시오, 소가주님. 아무도 듣는 사람이 없으니까요. 설령 검예가의 가주의 숨겨진 힘이라고 알려진 암검이라도 말입니다."

"……."

김인철은 사실 검예가 가주의 숨겨진 힘이라는 암검보다 저 복면인이 더 두려웠다.

하지만 그렇기에 저들의 힘이 필요한 것도 사실이다.

검예가 가주의 숨겨진 힘이라는 암검조차 저 복면인의 눈을 피할 수 없을 정도라면 자신이 가주가 되는 것에 더 이상 걸림돌이 없었으니 말이다.

"백천 녀석이 죽었을 때만 해도 잘 풀렸는데……."

김인철은 자신의 친구이자 라이벌인 검예가 가주의 아들 백천을 사고로 위장해 죽였을 때만 해도 자신이 다음 가주가 되는 것은 기정사실인 줄 알았다.

하지만 느닷없이 자신과 같은 수제자로 있던 녀석들이 두각을 보이기 시작하자 오히려 조바심이 난 것은 김인철 자신이었다.

"한동안은 잠시 자중하는 게 좋겠습니다, 소가주님."

"왜 그래야 하지?"

소가주라는 호칭으로 부르면 싫은 내색을 하지만 사실 오히려 즐기고 있는 김인철이다.

"너무 연속으로 일을 벌이면 의심을 받으니까요."

"그건 그렇지."

복면의 말이 전혀 틀린 것이 없기에 인철은 조용히 고개를 끄덕였다.

"하지만……."

"……?"

"그 기 치료사는 아무래도 소가주님이 검예가의 가주로 오르시는 데 가장 큰 걸림돌이 될 것 같습니다."

"으음."

복면인이 재중의 존재를 거론하자 잠시 생각하던 김인철도 고개를 끄덕였다.

사실 박인혜를 교통사고로 위장해서 거의 확실하게 죽음까지 몰아넣은 순간 나타나 방해한 것이 바로 재중이었으니 말이다.

그뿐인가? 기껏 아무도 몰래 복면인이 준 암세포를 캡슐화한 특수한 약을 이용해서 자연스럽게 암으로 가주를 죽여 버릴 수 있었는데 그것까지 살려 버렸다.

거기다 다시 되살아난 가주는 오히려 병석에 눕기 전보다 더 쌩쌩하고 무위가 높아져 이제는 서투르게 뭔 짓을 하기도 힘들게 되어버린 것이다.

하지만 가장 큰 걸림돌은 바로 재중의 존재 그 자체였다.

"저희가 그 어떤 약을 쓰더라도 그 기 치료사라는 선우재중 녀석이 살아 있는 이상 성공할 확률이 극히 희박합니다, 소가주님."

복면인의 말에 김인철은 크게 동감하면서,

"그래, 그 녀석이 살아 있는 이상 내가 뭔 짓을 하더라도 실패할 확률이 높겠지."

거의 김인철이 다 넘어왔다는 생각이 들었는지 복면인이 말을 이었다.

"하지만 지금 당장은 안 됩니다."

"왜?"

기껏 바로 죽일 듯 말해놓고 안 된다고 하니 김인철이 살짝 짜증 난 듯 인상을 쓰면서 목소리가 날카로워졌다.

"가주가 병석에서 깨어난 지 얼마 되지 않았습니다. 그런데 그 선우재중이라는 녀석에게 사고가 생긴다면 분명 검예가의 가주가 움직이게 됩니다. 그 집의 며느리인 박인혜도 생명의 구함을 받았기에 아무래도 의심을 살 확률이 높을 수밖에 없습니다, 소가주님."

"…뭐, 그건 그렇군."

"그렇지만 마냥 손을 놓고 있기도 그렇죠. 그래서 제가 한 가지 방법을 생각해 냈습니다, 소가주님."

"방법?"

복면인의 방법이라는 말에 김인철은 금방 입가에 미소가 그려졌다.

그동안 복면인이 방법이라고 말했던 수단이 모두 기발하면서도 성공적이었으니 말이다.

선우재중이 중간에 끼어든 일 빼고는 말이다.

"이걸 한번 보십시오."

"이건……?"

김인철은 복면인이 내민 사진 한 장을 보고는 처음에는 영문을 모르겠다는 듯하다가 곧 입가에 미소를 지었다.

"오호!"

알아낸 듯 복면인을 쳐다보자 복면인이 고개를 끄덕였다.

"이거면 그 녀석도 끝입니다."

"크크크크큭, 그래, 그거야. 그럼 그대만 믿지."

"네, 소가주님."

그리고는 다시 천장으로 사라져 버렸다.

"크크크크큭, 선우재중. 네놈은 나에게 거슬렸다는 게 죽는 이유이다. 크크크크큭."

김인철은 복면인이 말한 방법을 생각하자 자연스럽게 입가에 미소가 그려졌다.

그 방법이라면 선우재중뿐만 아니라 검예가의 가주라도 피할 수 없을 만큼 확실한 방법이었다.

그런데 그렇게 김인철이 마지막까지 웃으면서 자리를 떠난 공간 구석의 어두운 곳에 잠시 그림자가 살짝 흔들리더니 마치 살아 있는 듯 춤을 추면서 움직이는 것이 아닌가.

─…….

마치 지금까지 모든 대화를 들었다는 듯 그림자는 잠시 그렇게 자리에 머물다가 조용히 사라졌다.

Chapter 09
귀찮은 인연

재중귀환록

"재중 오빠라 불러도 되죠?"

"…뭐, 편하실 대로 하세요."

시험을 끝내고 밖으로 나온 재중은 기다리고 있던 서연을 만났고, 우연이 겹쳐서인지 어색함도 많이 없어진 상태이기에 오빠라고 불리는 것에 딱히 뭐라 하진 않았다.

어차피 단골손님인데 친해져서 나쁠 건 없었다.

카페의 분위기 때문에 주변에 여자 손님이 많았지만 의외로 재중에게 접근하는 여대생이 아직까지는 없었다.

테라가 애인이니 약혼자니 하는 말이 퍼진 것도 있고, 서로 누가 먼저 재중에게 대시를 할지 눈치만 보다 보니 지금까지 재중에게 접근한 여대생이 한 명도 없는 진기록이 벌어진 것이다.

사실 서연도 그런 여대생 중에 하나였기에 이렇게 만나서 단둘이서 이야기하게 된 것이 하늘이 내린 기회라 생각됐다. 서연은 과감하게 접근하기로 했는지 서슴없이 다가왔다.

"근데 그… 같이 일하는 분… 여자 친구세요?"

은근슬쩍 물어보는 서연의 말에 재중은 웃으면서 답했다.

"가족입니다."

"아, 그럼 누나세요?"

"뭐… 여동생이랄까요?"

테라는 재중의 입장에서 가족이나 마찬가지였고 하는 행동은 여동생과 다를 바가 없기에 그렇게 대답한 것이다.

드래곤의 가디언이라고 할 수는 없으니 말이다.

"아, 그렇구나."

소문과 달리 테라가 재중의 여동생이라는 것에 얼굴에 미소가 번진 서연은 그 뒤로도 슬쩍 물어보는 척하면서 궁금한 것을 다 물어보았고, 재중은 딱히 문제가 없는 거라면 다 이야기해 주었다.

그리고 거기서 재중의 나이가 이미 서른 살이 넘었다는 것도 알게 된 서연은 크게 놀랐다.

아무리 봐도 20대 초반으로밖에 보이지 않았으니 말이다.

"정말… 30대예요?"

서연이 도저히 믿을 수가 없다는 듯 계속 재중을 뚫어지게 쳐다보자 결국 어쩔 수 없이 주민등록증을 꺼내 보여주었다.

"헐! 대박! 서른세 살?"

최소한 어림잡아 열 살 이상은 충분히 어려 보이는 모습에 나이를 알고는 완전 동안 중에 최강 동안이 바로 재중이라고 생각한 서연이었다. 반면 그런 그녀의 반응에 그저 작게 웃을 수밖에 없는 재중이다.

드래곤의 피와 더불어 피의 각성을 하게 된 재중은 인간의 모습하고 있지만 정확하게 따지면 드래곤이나 마찬가지였다.

거기다 재중의 몸속에 잠들어 있는 나노 오리하르콘이 언제나 최적의 상황으로 세포를 활성화시켜 주고 있기에 재중이 늙는다는 것은 사실 거의 불가능에 가까웠다.

불노불사까지는 아니더라도 현재 재중은 이 모습에서 더이상 늙는 것이 언제일지 본인 스스로도 모르는 중이다.

앞으로도 100년, 아니, 500년, 어쩌면 1,000년이 지나도 이 모습 그대로일지도 모른다.

테라에게 드래곤의 수명이 만 년에서 최대 삼만 년까지라고 들은 적이 있다.

드래곤의 피를 완전히 각성한 재중이지만 드래곤의 수명을 그대로 적용하기에는 조금 무리가 있기에 테라도 재중의 수명을 최대 만 년으로 잡고 있었다.

"나이로 보면 완전 아저씨인데… 얼굴은 아무리 봐도 나보다 어려 보이니… 아, 충격이다."

서연뿐만이 아니라 카페를 찾아오는 여대생 모두 재중이 어려 보이긴 하지만 말투나 행동이 너무나 어른스러워서 나름 자신들보다 한두 살 정도 많지 않을까 예상했는데 그런 예상을 훨씬 뛰어넘었으니 놀랄 수밖에 없었다.

"재중 오빠."

나이를 알고 난 뒤로 서연이 재중을 향해 오빠라고 부르는 목소리에 더욱 힘이 들어가 있다고 느끼는 것이 재중 혼자만의 생각일까?

"네?"

"바로 다시 카페로 가실 거예요?"

"아무래도 그래야겠죠?"

재중의 대답에 서연은 역시나 하는 표정이다.

마음이야 어떻게든지 재중과 조금이라도 가까이 있으면서 친해지고 싶은 마음뿐이지만 그렇다고 무조건 대시할 수도 없었다.

그러다 문득 뭔가 떠올랐는지 서연이 의외의 말을 했다.

"저기 재중 오빠, 저 드립퍼 사려고 하는데 같이 좀 가주시면 안 될까요?"

"드립퍼요?"

드립퍼는 재중이 카페에서 가장 많이 사용하는 것이기에 서연이 같이 가달라는 것에 잠시 생각해 보는 표정을 지었지만 곧 고개를 끄덕였다.

서연은 그저 핑계거리로 급하게 꺼낸 말이지만 그녀의 말을 들은 재중은 카페에 쓰던 드립퍼 몇 개가 낡아서 슬슬 교체해야 할 때가 되어간다는 것을 생각해 내고는 자신도 구경이라도 할 겸 승낙한 것이다.

드립퍼는 일반적으로 원두를 갈아서 여과지를 깔고 그 위에 커피 분말을 넣고 물을 부어서 커피를 내릴 때 사용하는 도구로 일반 찻잔에 받침대가 붙어 있는 모양이다.

그리고 바닥에 구멍이 뚫려서 그 구멍으로 커피 액이 떨어지는 것이 드립퍼의 기본적인 원형이다.

재중이 카페에서 사용하는 드립퍼가 바로 그런 것이었다.

사실 드립퍼의 종류와 커피를 내리는 방법이 다양해지면서 위로 커피를 뽑는 것부터 모양도 예쁘고 신기한 것이 많이 있긴 하다. 하지만 아무래도 영업을 하는 카페에서는 복잡한 것보다는 단순하면서도 사용법이 직관적인 것이 효율적이기에 가장 노멀한 것을 사용하고 있었다.

패스트푸드처럼 대기업들이 차린 카페는 당연히 기계로 모든 것을 다 처리하는 방식이기에 뭐랄까, 정말 커피가 가지는 풍미를 느낄 수가 없었다.

그래서 그런지 드립퍼를 사용해서 커피를 내려주는 곳이 드물었기에 사람들의 뇌리에 쉽고 강하게 각인되어 버린 것이다.

방금 갈아낸 원두에서 풍겨지는 향기와 풍미를 바로 눈앞에서 맡으면서 커피를 마시는 것이야말로 진정 커피를 즐기는 것이니 말이다.

그리고 마치 집사처럼 재중이 모든 것을 바로 눈앞에서 만들어주기에 더욱더 여대생들이 열광하는 건지도 몰랐다.

"어디로 가야 해요, 드립퍼 사려면요?"

막상 드립퍼를 산다고 말은 꺼냈지만 즉석에서 꺼낸 말이라 아무것도 모르는 서연의 모습에 재중은 웃으면서 말했다.

"제가 자주 가는 곳으로 가죠."

테라와 함께 정해놓고 거래하는 곳이 있기에 그곳으로 갈 생각인 재중이다.

카페에 쓸 것을 주문하면서 서연의 것도 같이 산다면 시중보다 싸게 살 수 있을 것이다.

"정말요? 고마워요, 재중 오빠."

"저희 거래처이니 카페 것을 주문하면서 같이 주문하도록 하죠."

"네~"

그리고 재중과 함께 걷기 시작하는데 서연은 슬쩍 주변을 둘러보고는 자신도 모르게 웃음을 지었다.

길 가는 여자가 모두 재중을 쳐다보고 있었다.

뭐랄까, 묘한 우월감이랄까? 자신의 남자가 아니라도 다른 여자들이 대놓고 쳐다볼 정도의 매력을 가진 남자가 나와 함께 있다는 생각에 어깨에 살짝 힘이 들어가는 중이다.

물론 재중이야 이미 저런 시선을 너무나 자주 받았기에 무감각했지만 말이다.

이미 대륙에서 내로라하는 미녀들이 재중의 품에 안기고 싶어서 난리를 쳤던 것에 비하면 그냥 쳐다보는 정도는 아무것도 아니었다.

사실 재중이 여자에게 관심이 없기에 더욱 이렇게 무감

각할지도 몰랐다.

임서연 정도면 사실 남자라면 누구라도 관심을 가지고 대시해 볼 만한 미모이다.

문제는 재중의 인생이 여자에 한눈팔 만큼 평안하게 살아오지 못했다는 것이다.

거기다 사람을 쉽게 믿지 못하는 재중의 성격도 이성에 대한 관심이 멀어지는 이유 중 하나이기도 했다.

테라가 그렇게 육탄공격을 퍼붓는데도 눈 하나 깜짝하지 않는 것만 봐도 사실 남자구실을 살짝 의심할 수도 있으니 말이다.

물론 그럴 리는 없지만.

"와, 저 남자……!"

"헐! 대박이다!"

재중이 휴일이라 사람이 많이 몰린 지하철에 오르는 순간 시선이 집중되는 것은 어쩌면 당연했다.

길거리는 그나마 스쳐서 지나가면 그만이지만 지하철은 도착하기 전까지는 계속 한곳에 있어야 하니 말이다.

슬쩍.

그런 여자들의 시선을 의식했는지 서연이 재중의 옆으로 가까이 붙었다. 그러더니 재중을 쳐다보던 여자들을 한 번씩 둘러보고는 입가에 미소를 지었다.

빠직!

이유는 알 수 없지만 서연과 시선을 마주치고 그녀의 승리한 듯한 미소를 본 여자들은 속에서 끓어오르는 분노를 느끼고는 대부분 고개를 돌려 버렸다.

재중이 주변의 그런 변화를 모를 리가 없었다.

임서연의 행동은 이미 걸어올 때부터 알고 있었지만 그냥 내버려 뒀다.

그녀의 행동이 재중의 시선에는 귀엽게만 보였다.

자신이 찾고 있는 여동생보다 어린 나이다. 그녀가 자랑스럽게 생각하는 것은 어린애가 좋은 장난감을 가지고 뽐내는 것과 다를 것이 없었다.

어차피 재중과 서연은 그저 카페 주인과 단골손님일 뿐이다.

물론 재중을 옆에 두고 주변의 여자들을 향해 승리의 미소를 지어 보이는 서연의 행동은 거래처에 도착할 때까지 계속되었다.

"아시죠? 저는 저희가 쓰던 것으로 우선 드립퍼 30세트 보내주세요."

원래 고정적으로 거래하는 거래처다 보니 굳이 오지 않고 전화로 해도 충분하다. 겸사겸사 온 거라서 재중은 간단하게 끝났지만 서연은 도무지 뭘 사야 할지 주변을 둘러보면서 정신을 차리지 못하는 모습이다.

그때 그 모습을 가만히 지켜보던 재중이 슬쩍 다가가 선반에 전시되어 있는 것 중에 가장 무난하면서도 기본적인 것을 집어 들어 보여주었다.

"이걸로 한번 써보세요. 가장 기본적인 드립퍼라 사용하기 편할 겁니다."

"아, 그렇군요."

어차피 드립퍼가 목적이 아니었던 서연은 재중이 주자 넙죽 받아 들고는 계산을 한다. 그런 그녀의 뒷모습을 보며 재중은 슬쩍 웃어버렸다.

재중이라고 어찌 서연의 속마음을 모르겠는가? 드립퍼가 목적이 아니라는 것을 말이다.

드립퍼를 사러 가자고 해놓고 서연은 단 한 번도 드립퍼에 대해서 물어보지 않았다.

그것만 봐도 그저 핑계를 대고 자신 옆에 있고 싶어 한다는 것이 뻔히 눈에 보였으니 말이다.

"이제 카페로 갈 건데 서연 씨는 어쩌실 건가요?"

"저요? 저, 저도 카페로 갈래요~"

재중이 카페로 간다고 하자 역시나 재중의 곁으로 빠른 걸음으로 다가오는 서연이다.

수줍어하면서도 그와 반대로 행동은 옆에 붙어 있으려고

하는 서연의 모습에 재중은 그저 웃을 뿐이다.

손님과 친하면 친할수록 좋은 게 카페라는 곳의 특성이다.

그리고 재중도 서연과 잠시 같이 있으면서 지금까지 했던 카페의 영업 방법을 살짝 바꿔보기로 했다.

지금까지는 그저 손님과 카페 주인의 입장이었지만 서연과 잠시지만 같이 있으면서 느낀 것은 손님과 주인이 아닌 잘 아는 오빠나 친구로 장사를 하는 것도 괜찮을 것 같다는 것이다.

그동안 테라가 집요하게 재중의 혼자 있으려는 성격을 고치려고 들이댄 것이 이제야 효과를 발휘하는 것인지는 확실하진 않았다. 어쨌든 재중이 지구로 넘어와서 그저 평범하게 누군가를 만나 대화하면서 같이 있는 게 임서연이 처음이라는 것도 많이 작용했을 것이다.

"그런데… 재중 오빠."

"네?"

"카페… 아르바이트는 안 구해요?"

서연은 이왕 친해진 김에 슬쩍 아르바이트라도 구하면 바로 해보려는 생각에 물어봤다.

"글쎄요. 딱히 아르바이트를 쓸 만큼 바쁘질 않아서……."

"아, 그러시구나."

자신이 봐도 재중이 하는 카페는 대학가 그 어떤 카페와는 분위기부터가 달랐으니 재중의 말이 금방 이해되었다.

특이한 것이 재중의 카페를 오는 손님이나 맞이하는 재중이나 딱히 급할 것이 없었다.

그 느긋함이 어느 정도냐 하면 카페에 와서 신나게 놀다가 한 시간이나 지난 뒤에 주문하는 사람도 쉽게 눈에 띌 정도이다.

뭐 처음에는 그런 것도 미안해했지만 이제는 거의가 공부하러 오거나 쉬러 오는 카페라기보다는 그냥 쉼터라고나 할까? 딱 재중의 카페는 그런 느낌이었다.

더욱이 카페 이름이 없다 보니 단골마다 카페를 부르는 애칭이 가지각색이었다.

"그런데 카페 이름은 왜 없어요?"

"글쎄요. 왜 그럴까요?"

"네?"

오히려 질문한 서연에게 물어보는 재중의 행동에 당황해하자,

"장난이에요. 사실은 마땅한 이름이 생각나지 않아서 나중에 천천히 지으려고 하루 이틀 미루다 보니 이렇게 되어 버렸네요."

"……."

너무나 태연하게 말하는 모습에 서연은 지금 자신에게 재중이 장난치는 걸로 생각했다. 하지만 마주한 눈동자를 보고는 조심스럽게 물을 수밖에 없었다.

"정말… 미루다가 이름이 없는 거예요?"

"네."

"…얼마나 게으르면… 카페 이름도 짓지 않고 영업을 해요?"

가게 이름도 없이 영업한다는 게 사실상 이해가 되지 않는 서연과 달리 재중은 오히려 그런 서연에게,

"왜 꼭 카페에 이름이 있어야 하죠?"

라며 진심으로 물어본다. 그 모습에 순간 당황한 것은 서연이다.

"그야… 이름이 있어야… 있어야……."

대답하던 서연은 문득 왜 카페에 이름이 있어야 하는 건지 설명할 수가 없었다.

사실 자신도 이름이 없지만 잘 찾아가고 있지 않는가?

다른 별빛카페나 카페바네는 이름만 들으면 '아~' 하면서 알 만한 곳이긴 하다.

하지만 그게 전부이다.

하지만 재중의 카페는 이름이 없는 대신 자신과 친구들

끼리 통하는 애칭이 있었다.

뭐랄까, 비밀을 공유하는 동질감이랄까? 간단하게 문자로 환상카페라고 한 통만 보내면 알아서들 찾아오니 말이다.

"듣고 보니 그러네요. 이름이 없어도… 장사 되네요."

서연이 수긍하듯 고개를 끄덕이면서 대답하자,

"이제 와서 이름을 짓기에는 좀 늦기도 해서 그냥 그대로 있는 거예요."

"하긴… 지금에 와서 이름을 지으면 다른 사람들한테는 좀 실례겠네요."

자신들만의 애칭으로 카페를 부르면서 찾아오는 손님들에게 갑자기 카페 이름을 정해서 현판을 걸어버리면 통일성은 있지만 반대로 지금까지의 유대감이 사라져 버릴 수밖에 없었다.

그런데 만약에 카페에 이름이 없는 것도 테라의 영업 전략이라는 것을 알게 된다면 어떤 표정을 지을지 자못 궁금하긴 했다.

재중도 모르고 테라만 알고 있었지만 영업허가 때문에 이름이 있긴 했다. 하지만 서류상의 이름일뿐이었다.

유대감, 동질감이라는 것은 사람이라면 누구나 가지고 있는 것으로, 골목을 굽이굽이 돌아들어 찾아야 할 만큼 숨겨진 카페에 이름이 없어서 스스로 자신만의 애칭으로 부르는 것만큼 친밀감을 주는 것도 없다.

테라는 아예 카페를 하는 것 자체를 특이하게 생각해서 재중이 지구로 돌아와서 적응하는 기간 동안 머무는 곳으로 사용할 생각이었다.

문제라면 인터넷이라는 엄청난 파급력을 가진 통신 매체 때문에 테라의 예상보다 훨씬 빠른 시간에 미화대의 숨겨진 명물로 자리 잡아버리긴 했지만 말이다.

그렇게 재중과 서연이 대화를 하면서 카페 입구에 해당되는 골목으로 들어서는데,

"어이!"

깍두기 머리에 커다란 덩치를 가진 녀석들이 안에서 어슬렁어슬렁 걸어 나오더니 재중의 앞을 막아섰다.

"지금 어디 가는 길이지?"

"카페 가는 길입니다만, 누구시죠?"

"아, 카페?"

녀석들은 재중의 말에 대답 대신 어깨를 가볍게 밀치면서,

"오늘 거기 영업 안 해. 그러니 다른 데 가봐."

"영업을 안 해요?"

재중은 분명히 자신이 아침에 카페 영업을 할 준비를 모

두 해놓고 나왔기에 이상한 듯 되물어봤다.

"짜식이! 그냥 형님이 가라면 갈 것이지 무슨 말이 이렇게 많아!! 안 꺼져!!"

재중이 말을 듣지 않자 인상을 쓰면서 재중의 어깨를 또다시 밀친다.

"야, 그냥 꺼져라, 응? 형님들이 말로 할 때 그냥 가라고! 오늘 영업 안 한다고, 여기는!"

그들은 재중이 여자 친구 때문에 괜한 배짱부리는 걸로 생각했는지 강하게 재중을 밀쳐내기 시작했다. 순순히 밀려난 재중은 슬쩍 서연을 보면서 말했다.

"아무래도 오늘은 그냥 돌아가셔야 할 것 같네요."

"네? 아… 네… 저기… 근데 경찰 부르지 않아도… 되겠어요?"

서연이 작게 말했지만 좁은 골목에 가까이 있다 보니 녀석들도 서연의 말을 들어버렸다.

"뭐! 이년이 죽고 싶나!! 어따 대고 경찰이야, 경찰이!!"

"저… 그게……."

깍두기 녀석의 고함 소리에 순간 겁을 먹은 서연이 너무 놀라서 그 자리에 주저앉았다.

그러자 재중은 한숨을 쉬더니 주저앉은 서연을 지키듯 막아서며 뒤돌아섰다.

그리고는 천천히 걸어가기 시작했다.

저벅저벅.

"하~ 자기 여자 앞에서 폼 좀 잡겠다 이건가?"

"이 새끼, 아직 세상 무서운 걸 모르는 애네. 크크큭! 야, 내가 처리할게. 저년도 예쁘장한 것이 데리고 놀기 좋겠네."

재중이 다가오자 어차피 서연의 얼굴을 보고 흑심을 품고 있던 깍두기들은 잘됐다는 듯 재중의 앞으로 와서는 멱살을 잡으려고 손을 뻗었다.

그런데 방금 전까지 검은색이던 눈동자와 달리 은색으로 변한 재중의 눈동자를 마주하는 순간 온몸이 통나무가 된 듯 뻣뻣하게 굳어버리는 게 아닌가?

"…허, 허, 헙!!"

갑작스런 상황에 당황한 깍두기 1호가 뭐라고 하려고 했지만 혀까지 굳었는지 제대로 말을 하지 못했다.

그런데 그런 깍두기 1호의 옆을 스치듯 지나가던 재중이 귓가에만 들릴 만큼 작은 목소리로 말했다.

"살릴지 죽일지는 나중에 보자."

재중의 은색 눈빛에서 느껴지는 공포가 깍두기 1호의 모든 것을 집어삼켜 버렸기에 그는 온몸의 털이란 털은 모두 곤두서는 경험을 해야만 했다.

섬뜩!

공포였다.

지금껏 조폭질을 하면서 느낀 그런 공포와는 차원이 다른 공포가 녀석의 뇌를 뚫고 지나가자 저절로 몸이 굳어버린 것이다.

그리고 그건 뒤에 있는 깍두기 2호도 별다를 것이 없었다.

재중과 눈이 마주하는 순간 똑같이 담배를 입에 물고 그대로 굳어버렸으니 말이다.

"서연 씨, 이제 괜찮으니 내일 뵐게요."

그리고는 다시 검은 눈동자로 돌아온 재중이 친절하게 서연을 일으켜 세웠다.

"재중 오빠, 괜찮겠어요? 제가 경찰을 불러 드릴까요?"

깍두기들이 왜 이상한 자세로 멈춰 있는지 이유는 모르지만 서연에게는 깍두기 1호와 2호의 얼굴 생김새나 덩치만으로도 충분히 위협적이기에 다시 경찰을 부르려고 했다. 재중이 그런 그녀를 살며시 막았다.

"그냥 장사하다 보면 언제나 있는 일이에요."

"하지만……."

"괜찮아요."

재중이 부드럽게 웃으면서 괜찮다고 말하자 결국 서연은

수긍하고는 돌아가 버렸다.

더 이상 참견할 수는 없으니 말이다.

그리고 서연이 눈에서 보이지 않자 재중은 천천히 뻣뻣
하게 굳어버린 깍두기1호와 2호의 뒷덜미를 잡더니 그대로
질질 끌고 카페로 향하는 골목으로 사라졌다.

그런데 재중이 골목으로 사라지자마자 바로 시커먼 그림
자가 골목 입구에 솟아오르더니 순식간에 커다란 막을 만
들어 골목 입구 전체를 감싸 버리는 게 아닌가? 거기다 골
목을 감싼 검은 막이 점점 색이 변하더니 어느새 옆의 벽과
똑같은 모습으로 변해 버렸다.

이곳에 골목이 있다는 것을 알고 있는 사람이라 하더라
도 입구를 찾지 못할 만큼 너무나도 똑같이 말이다.

"어? 저 녀석 뭐지?"

카페 앞에서 대기하고 있던 깍두기 하나가 재중을 보고
는 확인하려는 듯 다가섰다.

"너 뭐냐?"

"저 카페 주인입니다."

"너였냐?"

깍두기는 설마 이렇게 어려 보이는 재중이 카페 주인일
거라고는 생각지 못했는지 놀란 듯 재중을 한번 훑어봤다.

"뭐, 거짓말은 아니겠지?"

그렇게 말하더니 뛰어서 자신들의 무리가 있는 쪽으로 가 가장 뒤쪽에 나이가 많아 보이는 녀석에게 다가갔다.

딱 봐도 눈매나 인상부터가 조직 생활을 오래 한 듯한 분위기로 보이긴 했다.

"야, 이리 와!"

두목으로 보이는 녀석이 고개를 끄덕이더니 재중을 향해 오라고 손짓을 하는 게 아닌가?

재중은 순간 녀석들이 자신의 얼굴을 모르고 있다는 것에 조금 의아했다.

카페를 점령하고 있을 정도면 최소한 자기 얼굴은 알고 있을 것으로 생각했다.

"야!! 얼른 안 뛰어와!!"

재중이 잠시 생각하느라고 반응이 없자 자기 말을 무시한 것으로 받아들인 녀석이 다시 큰 소리로 윽박지른다. 그때서야 재중의 발이 움직였다.

그런데 두목에게 간 재중이 들은 말은 황당하게도,

"야, 이 카페 나한테 넘겨라."

하는 것이다.

그것도 마치 선심 쓰듯이 자신이 사주는 것을 영광으로 알라는 듯 말이다.

그리고 주머니를 뒤지더니 500원짜리 동전을 꺼내 재중

앞에 던지면서,

"이거면 되지?"

라고 말하더니 옆에 부하가 내미는 서류를 재중 앞에 내밀었다.

"매매계약서?"

재중이 서류의 가장 윗줄의 글자를 읽었다.

"그래. 넌 그냥 가장 아래쪽에 이름만 쓰면 돼. 그럼 걸어서 나갈 수 있다."

재중은 지금의 상황이 황당하기도 했지만 어이가 없어서 가만히 있었는데 녀석들은 재중이 겁을 먹어서 쫄았다고 생각하고 있는 듯했다.

"에휴!"

그리고 재중의 입에서 길게 한숨이 나오자,

"젊은 놈이 뭔 한숨이야? 뭐, 살다 보면 이런 일도 있고 저런 일도 있는 거지."

오히려 500원에 한참 잘나가는 재중의 카페를 꿀꺽하려는 조폭이 위로까지 한다. 그 모습에 슬쩍 주변을 둘러본 재중은 이미 완전히 자신을 둘러싸고 있는 조폭들을 한번 살펴보더니,

"니들, 당장 정리해라. 지금 당장."

나직하게 혼잣말처럼 한마디 했다.

그리고 재중의 입에서 명령 아닌 명령이 떨어지자마자,

"쿠악!!"

"쿠에게게게게!!"

퍼걱! 퍼퍼퍼퍼걱!

재중을 둘러싸고 있던 수십 명의 조폭이 쓰러지는 게 아닌가? 그것도 마치 얼굴을 커다란 망치로 후려친 것처럼 떡이 되어서 말이다.

"……!!"

전세 역전이라는 말이 뭔지 확연하게 보여주는 상황이었다.

불과 1초 정도 걸렸을까? 마치 꽃이 봉오리를 웅크리고 있다가 활짝 피우듯이 재중을 중심으로 뻗어버린 조폭들의 모습을 본 두목은 순간 그대로 굳어버렸다.

"흑기병."

—네, 마스터.

나직이 부르는 소리에 흑기병이 조폭 두목의 등 뒤에서 소리 없이 걸어 나왔다.

"헉!!"

당연히 의자에 앉아 있던 두목은 놀라서 벌떡 일어서려고 했다. 하지만,

덥석!

흑기병의 팔이 두목의 어깨에 올라오는 순간 강제로 다시 앉아야만 했다.

"테라."

―네, 마스터. 헤헤헤헤.

"끄읍!!"

재중이 부르자 기다렸다는 듯 재중의 그림자에서 쑤욱 솟아나듯 튀어나온 테라다.

―죄송해요.

애교를 떨면서 재중의 팔에 팔짱을 끼고 웃음으로 무마하려고 했지만 반응이 없자 풀이 죽은 표정으로 조용히 재중의 옆에서 한 발짝 물러섰다.

다른 때는 재중도 테라의 장난 정도는 받아주는 편이었다.

흑기병과 테라는 재중에게 이제 가족이나 다름없었기에 그 정도 장난과 애교는 얼마든지 받아줄 수 있었다.

하지만 아무런 말도 없이 가게 문까지 닫고 조폭들이 카페 앞에 진을 치고 있으면서 그동안 얼마나 많은 손님을 쫓아냈을지 생각하니 화가 날 수밖에 없었다.

가게 문 닫은 것은 문제될 것이 없었다.

어차피 돈을 벌 목적으로 카페를 하는 게 아니었으니 말이다.

하지만 카페를 시작한 이상 이곳을 알고 좋아서 찾아오는 손님들이 조폭들의 협박에 돌아가면서 겪었을 공포는 쉽게 넘겨서는 안 되는 일이었다.

"흑기병."

—네, 마스터.

"알아내라. 나를 왜 찾아왔는지."

싸늘한 표정으로 한마디 한 뒤 재중이 그대로 가게 안으로 들어간다. 테라는 풀이 죽었는지 어깨가 축 처진 상태로 흑기병을 보면서 물어봤다.

—마스터… 정말 화나셨지?

흑기병은 일말의 고민도 없이 대답했다.

—오랜만에 봤다. 마스터께서 저렇게 화내시는 모습은.

—하아! 알았어. 어차피 내가 저지른 일이니까.

그 말과 함께 테라는 조용히 발걸음 소리도 들리지 않을 만큼 사뿐한 걸음으로 재중을 따라 카페 안으로 들어가 버렸고, 남겨진 것은 흑기병의 손에 강제로 앉혀진 두목과 바닥에 널브러진 인간쓰레기들뿐이었다.

그런데 재중을 따라 들어갔던 테라가 다시 밖으로 나오더니,

—마스터께서 살아봐야 해만 끼치고 살려두면 계속 귀찮게 하는 쓰레기라고 하면서 버리고 오라고 했어. 갔다

올게.

라고 말하고는 바닥에 뒹굴고 있는 조폭들을 모두 아공간 속으로 집어넣는 게 아닌가? 마치 길바닥의 담배꽁초를 주워서 쓰레기봉투에 넣듯 말이다.

그리고 골목 안에 있던 두 녀석까지 모두 주워 담은 테라는 그대로 사라져 버렸다.

딸꾹딸꾹.

이런 장면을 모두 두 눈으로 지켜본 두목이란 녀석은 이 상황을 도무지 어떻게 받아들여야 할지 도저히 이해가 되지 않았다.

거기다 테라가 자신의 부하들을 시커먼 공간에 가볍게 집어 들어 던져 넣는 장면에서는 딸꾹질까지 해댔다.

하지만 두목은 몰랐다.

지금 이렇게 놀라는 것은 앞으로 자신이 당할 일에 비하면 그저 시작도 하지 않았다는 것을 말이다.

Chapter 10
김인철

재중귀환록

―마스터, 화나셨어요?

　조폭들을 모두 동해 바다 한가운데에 버리고 온 테라가 죄인처럼 재중이 앉아 있는 테이블 앞에 다소곳이 앉아서 슬쩍 물어봤지만 아무 말이 없다.

　벌써 10분째이다.

　결국 테라도 재중의 화가 풀릴 때까지 조용히 앉아 있을 뿐이다.

　그렇게 얼마나 시간이 흘렀을까?

　"박인혜 씨는 어떻게 했어?"

나직이 입을 연 재중의 목소리가 들리자 그것만으로도 좋았는지 테라는 웃으면서 대답했다.

　—돌려보냈어요, 마스터.

　"그냥?"

　—네, 마스터 시험 치는 데 따라간다고 하니까 의외로 조용히 돌아가던데요.

　"에휴."

　—마스터, 화 많이 나셨어요?

　재중이 입을 다물고 있을 때는 웬만하면 건드리면 안 된다는 것을 잘 알고 있는 테라지만, 반대로 오랜 침묵 뒤에 재중의 입이 열리기 시작하면 화가 풀리는 징조라는 것도 알고 있었다.

　그동안 너무나 오래 함께 있었던 데다가 영리한 테라가 재중의 그런 성격조차 파악하지 못했을 리 없었다.

　"언제부터 따라온 거니?"

　테라가 자기 맘대로 카페 문을 닫고 사라진 것이 처음 있는 일이기에 잠시 재중도 머리가 복잡했지만, 조금만 생각하면 결론은 하나뿐이었다.

　재중의 가디언으로 들어온 테라가 가봐야 어딜 가겠는가? 갈 곳이라고는 재중의 그림자 속뿐이다.

　흑기병은 재중에게 직접적으로 위협이 되지 않는 한 명

령 없이 함부로 움직이는 경우가 거의 없다. 해서 재중이 불렀을 때 카페 안에서 나왔어도 딱히 별말 하지 않았다.

아마 조폭이 카페를 부숴 버리고 난동을 부려도 흑기병의 성격이라면 조용히 어둠 속에 있었을 테니 말이다.

하지만 재중의 그림자 속에서 튀어나온 테라는 상황이 좀 달랐다.

그림자 속에서 튀어나왔다는 것 자체가 오늘 하루 종일 따라다녔다는 것이다.

그것도 가게를 내팽개쳐 두고서 말이다.

테라도 나름 억울한 마음은 있었지만 지은 죄가 있으니 우선 조용히 있기로 했다.

―마스터가 나가시고 30분 뒤부터요.

"에휴, 그 말은 오늘 영업 자체를 안 했다는 말이구먼."

―하, 하지만 그래도 블로그에 오늘 급한 일로 쉰다고 공지는 올려놨어요, 마스터.

테라는 자기 딴에는 그래도 할 건 다 하고 문 닫았다는 걸 강조했다.

"그래서 잘했다고?"

―…아니요.

그게 재중에게 먹힐 리 없지만 재중도 더 이상 테라를 몰아세우는 것이 미안했기에 이쯤에서 그만두기로 하고는 슬쩍 화제를 돌렸다.

"그런데 왜 따라다닌 거야?"

―그게 마스터께서 여자랑 즐겁게 이야기하는 걸 봤거든 요.

"어떻게?"

―제 패밀리어로요.

"…에고."

테라는 가게 오픈 준비까지 했기에 어쩔 수 없이 자신의 패밀리어를 풀어서 재중이 시험을 보는 모습을 패밀리어의 눈을 통해서 지켜보려고 했다.

워낙에 과학이 발달한 지구였기에 화상통화도 자유로워 평소에는 패밀리어가 필요하지도 않았다.

먼 곳에 마법적으로 계약한 패밀리어를 보내 패밀리어가 보는 것을 그대로 마법사가 보는 것으로 대륙에서야 거의 필수적이지만 여기서는 거의 쓸 일이 없었다.

하지만 이번처럼 어쩔 수 없이 잡혀 있는 상황에서는 자신을 대신할 눈으로 재중을 뒤따라 보낸 것이다.

그런데 그 패밀리어의 눈에 재중이 임서연과 만나는 것이 보였다. 그러자 테라는 잠시 생각하더니 곧장 핑계를 대고 박인혜를 보내고는 문을 닫아버린 것이다.

스마트폰으로 블로그에 오늘 쉰다고 공지까지 대문짝만

하게 올려놓고서 말이다.

재중의 카페는 거의 12시부터 여학생들이 오는 편이고, 블로그는 수시로 여학생들이 확인하는 편이다. 사실상 블로그에 공지를 띄우면 손님이 거의 오지 않는다고 봐야 했다.

"내가 여자랑 있는 것이 그렇게 신기했니?"

테라가 저렇게 물불도 가리지 않고 따라온 이유가 너무나 뻔하기에 재중이 한숨을 섞어 말했다.

끄덕끄덕!

기다렸다는 듯 고개를 크게 끄덕이는 테라이다.

대륙에 있을 때 귀족의 수많은 영애가 재중의 얼굴 한번 보려고 그 난리를 쳤을 때도 눈 하나 깜짝하지 않던 재중이 길거리에서 여자와 정답게 이야기를 한다는 것은 테라에게 대단한 일이었다.

재중 본인이 모르고 있을 뿐이지 테라는 은근히 걱정하고 있었다.

과연 100년이나 지나서 돌아온 고향에 잘 적응할까 하는 생각에서 말이다.

테라가 보기에 재중의 몸은 드래곤이지만 정신은 아직 인간에 가까웠다.

그렇기에 100년 동안 드래고니안과 죽음을 담보로 쉬지 않고 전쟁을 치른 재중이 어느 순간 고향으로 돌아와 평안한 생활에 얼마나 빨리 적응할지 알 수가 없었다.

테라가 알기로 아무리 멘탈이 강한 인간이라고 하더라도 죽고 죽이는 전쟁을 겪고 나면 그 후유증은 겪은 본인이 아니면 도저히 이해조차 불가능했다.

피의 각성으로 인간이되 인간이 아닌 정신력을 가지게 된 재중이지만 테라에게는 1%라도 불안한 것이 있다면 신경이 쓰일 수밖에 없었다.

그렇기에 테라에게는 재중이 좋은 여자 만나서 알콩달콩 살림 차리고 행복하게 사는 것이 하나의 목표랄까?

조금은 이상한 목표이긴 하지만 생각 없이 곁을 지키기만 하는 흑기병과 달리 테라는 재중의 인생 전반을 이미 자신만의 계획을 가지고 조금씩 실행시키는 중이었다.

하지만 테라 개인적으로는 재중이 박은혜와 연결되는 것만큼은 말리고 싶었다.

성녀를 닮은 박은혜를 상전으로 모시기 싫은 것이다.

"걱정하지 마라. 난 강하니까."

재중은 결국 일어나 테라의 곁으로 가서는 머리를 쓰다듬으면서 웃어주었다.

왜 모르겠는가. 테라가 하는 모든 일이 자신 때문이라는 것을 말이다.

대륙에서 한 번이라도 테라를 본 귀족가의 남자들은 어떻게든지 테라의 곁으로 몰려들었다.

아니, 상사병에 자살 소동까지 벌인 골 때리는 귀족가의 아들도 있을 정도였다.

그리고 그런 테라가 재중만을 위해서 걱정하고 애교도 부리는 것은 정말 고마웠다.

사실 처음 카페를 오픈할 때 재중이 테라와 흑기병에게 어느 정도 자유롭게 생활하도록 명령 아닌 명령을 내린 적이 있다.

더 이상 적도 없는 이곳에서 가족 같은 그들을 구속하는 것은 아니라는 생각이 들었기 때문이다.

하지만 스스로 이대로 있기를 원한 녀석들이었다. 그런 그들이 함부로 행동했을 리는 없지만 이번에는 너무 성급했다는 생각에 조금 엄하게 한 것이다.

카페라는 특성상 조폭이라는 것들이 한번 설치게 되면 입소문이 퍼져서 망하는 것은 한순간이었다.

카페로 돈을 벌겠다는 욕심이 없더라도 엉뚱한 놈들 배불리면서 당하고 살 생각은 전혀 없는 재중이다. 물론 당할 리도 없지만 말이다.

그렇게 재중의 나름 교육이 끝나갈 때쯤 흑기병이 모습을 드러냈다.

"뭔가 알아냈어?"

─네. 어제 갑자기 제법 많은 돈과 함께 한 달 동안 영업을 방해해 달라는 의뢰를 받았다고 합니다.

"의뢰?"

뜻밖이었다.

물론 자신의 카페를 500원이라는 말도 안 되는 것으로 협박할 때부터 뭔가 부자연스럽다는 것을 느꼈지만, 이제 지구에 온 지 1년째가 된 재중을 어떻게 알고 돈을 주면서 카페를 방해하라고 의뢰했단 말인가?

거기다 재중의 카페 주변에는 같은 카페는커녕 작은 슈퍼조차도 없다.

깍두기 녀석들도 한 달 동안 작정하고 영업을 방해할 목적으로 첫날부터 힘자랑하려고 몰려왔다는 말에 재중은 잠시 생각에 잠겼다.

'누굴까? 누군데 노골적으로 나를 적대하는 걸까?'

지난 세월 동안 싸우기는커녕 그나마 접촉한 것도 박은 혜와 그녀의 시아버지인 검예가의 가주가 전부이다.

카페는 거의 99%가 여대생이었기에 이곳에 오는 손님이 큰돈을 주면서 한 달 동안 영업 방해하라고 할 리는 없다. 무조건 제외시키고 나니 연결고리로 남는 것은 검예가뿐이었다.

—마스터, 검예가 쪽일까요?

테라도 재중과 같은 생각을 한 듯했다.

"아무리 생각해도 검예가 쪽 외에는 사람과의 접점 자체가 없으니까. 아무래도 그렇겠지."

—그렇다면 좀 이상하잖아요, 마스터께서 목숨까지 구해 준 검예가의 가주가 그런 명령을 내릴 리는 없고요, 박인혜는 뭐 생각할 것도 없고요.

테라도 개인적으로는 박인혜를 싫어하지만 객관적으로 자신이 아는 범위에서 박인혜만큼 이번 일과 무관한 사람도 없었다.

그러다 테라는 검예가라는 전체를 놓고 고민하는 걸로 생각의 방향을 살짝 바꿨다. 그러자 뭔가 걸리는 게 하나씩 나타나기 시작했다.

—마스터.

"응?"

—검예가 쪽이 거의 확실할 거예요.

"어째서?"

테라는 웬만해서는 저렇게 확정에 가까운 말을 하지 않는 편이다.

그렇기에 재중이 호기심을 보였다.

—전에 마스터께서 검예가의 수제자 중 하나가 마스터에

게 살기를 흘린 적이 있다고 하셨잖아요.

"응? 아, 뭐, 그런데 외지인이라서 경계하는 수준 정도였어."

재중은 그날 김인철이 재중을 짧은 순간 훑어보면서 살기를 흘린 것을 느꼈다.

하지만 검예가라는 이름과 유명한 단체라는 특성을 보면 그들 입장에서 재중이 아무리 가주의 병을 치료해 줬다고는 하지만 모두가 재중을 신뢰한다고 보기에는 어렵기에 그냥 경계하는 정도로 받아들였다.

─그럼 만약 이번에 마스터께서 치료한 검예가의 가주가 그대로 죽어버렸다면 다음 가주가 될 사람은 누구였을까요?

"응? 그야 나도 모르지."

재중은 어차피 검예가의 정보력만 필요했기에 딱히 관심도 없었고 신경 쓴 적도 없다.

하지만 테라는 재중이 그럴 줄 알았다는 듯 작게 고개를 끄덕이더니,

─마스터께서는 사실 잘 모르실 수도 있어요. 권력에 미친 인간들이 얼마나 잔인해지는지 말이에요.

"음……"

─대륙의 귀족들 권력 싸움은 정말… 눈 뜨고 보기 어려

울 만큼 잔인하거든요. 아비가 자식이 죽을 것을 알면서도 가문에 조금이라도 어울리지 않는다면 과감하게 버려요. 어떻게든지 자신이 가문의 수장이 되기 위해서 다른 형제들을 독살하는 건 기본 중에 기본이구요. 물론 일개 귀족들이 이 정도인데 왕위 쟁탈은 더 이상 말할 것도 없지만요.

"뭐, 하긴……."

재중도 어느 정도 머리로는 테라의 말을 이해하기는 했다.

다만 재중은 그런 핏줄 간의 더러운 싸움을 겪은 적이 없기에 피부로 와 닿지 않을 뿐이다.

─현재 검예가의 가주가 죽어야만 이득을 보는 사람들이 있다고 생각해 보면 갑자기 나타난 마스터는 그들에게 어떻게든 없어져야 할 존재가 아닐까요?

검예가의 이름은 무거웠다.

재중이 알고 있는 것은 그저 대외적인 유명세일 뿐이고, 실제로 검예가의 가주가 가지는 권력의 힘은 마음먹기에 따라 나라를 뒤흔들 수도 있을 정도이다.

인간은 돈의 유혹도 무섭지만 권력만큼 무서운 유혹도 없다.

권력을 가지면 돈은 자연스럽게 따라붙을 수밖에 없는

구조가 바로 권력이라는 힘의 매력이었으니 말이다.

―마스터, 저도 테라의 말에 어느 정도 동의합니다.

거의 말을 하지 않는 흑기병까지 테라의 말에 동의하자 재중의 표정은 진지해질 수밖에 없었다.

사실 차별하는 것은 아니지만 테라의 말보다 흑기병의 말이 더 무게 있게 들리는 것은 사실이다.

그리고 이어서 흑기병이 들려준 말은 테라의 추측이 거의 사실이었다는 것을 증명해 주었다.

김인철이라는 녀석이 현재 검예가 가주가 죽으면 유력한 다음 가주라는 것과, 그 녀석이 박은혜의 남편까지 사고로 위장해서 죽였다는 말은 그저 조폭의 영업방해 정도로 넘기기에는 일의 심각성이 무거웠다.

당장은 현 검예가 가주의 시선과 박은혜의 시선이 재중에게 집중되어 있으니 우선 영업 방해를 하면서 조금씩 검예가와 재중의 사이를 벌려놓고 나서 다른 계획을 꾸밀 것이 뻔히 보였으니 말이다.

"아, 그냥 모른 체했어야 했나. 결국⋯⋯."

흑기병이 알아온 정보와 테라의 추측이 합쳐지자 결론이 나왔다.

결과적으로 재중으로서는 박인혜의 목숨을 구해준 것으로 인해서 재수없게 엮여 버린 것이나 마찬가지였다.

그런데 이것이 다가 아니었다.

"…내 여동생 사진을 김인철이 가지고 있다고?"

흑기병은 복면인이 김인철에게 재중을 제거할 계획이 있다면서 재중이 찾고 있는 여동생의 사진을 넘겨줬다는 말도 전했다.

그 이야기를 들은 재중은 마치 한겨울의 얼음처럼 눈빛이 가라앉기 시작했다.

"크크크크큭, 그렇단 말이지. 내 동생을 가지고 장난치려고 한다 이 말이지. 크크크크큭."

검예가 저들끼리 골육상쟁을 벌이든 뭔 짓을 하든 재중은 아무런 관심이 없었다.

그저 자신을 건드리지만 않는다면 모른 체할 생각이었다.

그런데 김인철이 보기에도 수상한 복면을 쓴 녀석에게서 재중에 대한 제거 계획을 말하면서 재중이 찾고 있는 선우연아의 사진을 넘겨줬다면 상황이 완전 달라질 수밖에 없었다.

―마스터, 김인철이라는 녀석이 먼저 마스터의 여동생 분을 찾아서 인질로 잡을 가능성이 높아요.

"충분히 그럴 수도 있지."

재중도 그 생각을 했다.

아니, 그렇게 인질로 잡을 가능성이 높았다.

하지만 테라가 마법으로 만든 이미지를 찍은 선우연아의 현재 모습을 담은 사진은 100% 현재 선우연아의 얼굴이라고 보기에는 좀 무리가 있었다.

사람의 얼굴이란 것이 꼭 정해진 대로 자라면서 변하는 게 아니라, 식습관이나 살아온 환경에 따라서도 작긴 하지만 변화가 생긴다.

아니다 싶을 만큼 사진과 다르게 생기진 않겠지만 최종적으로 재중이 여동생이라는 것을 인정해야만 김인철에게 인질로서 가치가 생기는 것이기에 최소한 자신보다 먼저 선우연아를 인질로 잡을 가능성은 그리 높지 않았다.

김인철처럼 계획을 세워서 자신의 야망을 달성하려는 녀석들은 거의 공통적으로 완벽한 것을 좋아하기에 어쭙잖게 먼저 움직이지 않을 것이다.

"우선은 기다려 볼까?"

아직 자신에게 유리하다고 생각한 재중이 기다려 보기로 했다.

급한 것은 자신이 아니라 김인철이라는 녀석이니 말이다.

"아, 깜빡할 뻔했네."

이야기가 거의 마무리될 무렵 재중이 웃으면서 테라를

보더니,

"내가 말했지? 따라오면 3개월간 소환 금지에 그동안 아르바이트 쓴다고 말이야."

―헉! 마, 마, 마스터, 정말… 그러시려고요?

씨익~

말없이 테라를 바라보면서 웃고 있는 재중의 미소를 본 테라는 본능적으로 위험하다고 판단했다.

재중의 성격이 의외로 말에 무게를 두고 하는 편이라 자신이 한 말은 대부분 지키려고 했다. 그러니 이대로 가만히 있으면 3개월 동안 재중의 그림자 속에서 꼼짝도 못하고 있어야 하기 때문이다.

―마, 마스터, 그럼 전… 그동안 드라마, 스포츠, 예능 버라이어티 프로그램들은… 어떻게 되는 거예요?

"못 보는 거지. 내가 TV 보는 거 봤냐?"

단언하는 재중의 말에 테라는 심각한 수준을 넘어서고 있음을 깨달았다.

요즘 한참 재미있게 보고 있는 연황후를 비롯해 달에서 온 그대 같은 경우 당장 내일부터 클라이맥스로 이야기가 진행되기 시작하는 아주 중요한 시기이다.

그런데 그런 때에 재중의 그림자 속에서 3개월 동안이나 근신한다는 건 생각하기도 싫었다.

―마스터, 그럼 그동안 원두랑은 어떻게 하시려고요. 모두 제 아공간에 있잖아요.

"흑기병이 꺼내면 돼."

―설마 저 깡통한테 민감한 커피를 만들게 하실 셈이에요? 카페 망해요! 안 돼요! 절대로!!

커피 원두가 자신의 아공간에 있다는 것 하나를 내세워서 억지를 부리기 시작한다. 테라의 말에 재중은 웃고는 있었지만 사실 테라의 아공간에 있는 원두가 카페의 핵심이니 소환을 완전히 금지한다면 그동안 카페 문을 닫는다는 말이나 마찬가지였다.

다만 똑똑한 테라가 자신이 했던 말을 은근슬쩍 넘긴다면 그걸 핑계로 제멋대로 할 수 있으니 버릇을 고쳐주려고 일부러 으름장을 놓는 중이다.

"그럼 소환 금지는 뭐… 어쩔 수 없이 취소할까?"

재중이 슬쩍 테라의 억지를 받아주는 것처럼 말을 바꾸자 순식간에 환하게 얼굴 표정이 살아나는 테라였다.

"하지만 아르바이트는 3개월 동안 쓴다. 이건 이의 없지?"

―헉!

자신의 3개월 동안 소환 금지에 대한 것만 집중하느라 아르바이트에 대한 것을 잊고 있던 테라는 기습을 받은 표정으로 멍하니 재중을 쳐다봤지만 어쩔 수 없이 고개를 끄덕여야만 했다.

여기서 괜히 고집부리다가는 재중의 성격상 정말 모두 취소하고 꼼짝없이 소환 금지당할 판이니 말이다.

"그럼 아르바이트 모집 광고 블로그에 올리고 교육 잘 시켜라."

─네, 마스터.

소환 금지라도 막은 게 어디냐는 듯 스스로 생각했지만 아르바이트를 교육시켜야 한다고 생각하니 힘이 빠지는 것은 어쩔 수 없었다.

사실 테라가 아르바이트를 고용하는 것을 왜 저토록 싫어할까 하는 의문이 들 수도 있지만 테라 특유의 성격 때문이니 어쩔 수 없었다.

자신의 것에 특이하게 애착을 가지는 테라는 카페의 인테리어부터 모든 것을 스스로 관리해 오고 있는 중이다.

그만큼 찻잔 하나는 물론이거니와 카페의 쓰고 버리는 메모지 하나도 모두 테라가 손수 고른 것이다.

그런데 이렇게 애착을 가지고 있는 자신의 것에 다른 사람의 손이 타는 것을 극도로 싫어하는 테라였다.

재중을 제외하고는 흑기병도 카페의 물건을 함부로 다루면 사생결단을 낼 듯 으르렁거릴 판이니 아르바이트생이

와서 혹시라도 찻잔이라도 깬다면?

　—아, 생각하기도 싫다.

　순간 아무것도 모르는 생초보 아르바이트생이 와서 자신이 고른 예쁜 찻잔이 산산이 부서지는 것을 생각하자 더욱 우울해져 버렸다.

Chapter 11
아르바이트

재중귀환록

"야!! 빅뉴스!!"

"응?"

미화여대에 때 아닌 난리가 난 것은 재중의 검정고시가 끝난 바로 다음날이었다.

"지금 환상카페 블로그에 알바 구한다고 공지 떴다!!"

"헉!! 정말?"

"진짜!!"

"리얼리?"

아는 사람만 안다고 생각할 수도 있는 재중의 카페는 이미 미화여대해서 새내기 빼고는 모두 알고 있을 만큼 유명했다. 그만큼 그곳에서 아르바이트를 하고 싶어 하는 여학생이 많기도 했다.

자기가 좋아하는 카페에서 일하면서 돈도 받는 것이 좋은 일이긴 하지만, 대부분의 여대생이 노리는 것은 바로 재중이었다.

비밀이 가득한 카페 사장, 겉보기에 20대 초반으로 보이는 미남이 동생으로 알려진(서연으로 인해 이미 소문이 다 퍼져 버린 상태) 테라와 단둘이서 운영하는 곳이다. 그곳에서 아르바이트만 할 수 있다면 재중과 가까워지는 것은 당연했기에 대부분이 한 번씩 물어본 적이 있었다.

그런데 딱히 사람을 더 쓸 생각이 없다는 대답에 다들 마냥 기다리기만 한 것이 벌써 1년이나 되어버렸다.

시간이 그 정도로 오래되자 다들 재중의 카페는 아르바이트가 원래 필요 없는 곳이라는 생각이 굳어져 버렸다. 그러기에 충분한 시간이기도 했다.

그래서 다들 포기하고 있던 와중에 느닷없이 카페 블로그에 아르바이트 구한다는 공지가 뜨자 난리가 날 수밖에 없었다.

"아, 어떡해. 난 어제 새로 아르바이트 구했는데……."

"아, 며칠 전에 새로 구한 곳 그냥 때려치워?"

하루 차이로 다른 아르바이트를 구한 여학생들은 울상이 되었고, 이제 구하려는 학생들은 눈에서 레이저가 뿜어져 나오고 있었다.

테라가 재중의 명령으로 블로그에 올린 아르바이트 모집 조건은 간단했다.

'남녀 불문, 젊고 성실한 분 구합니다. 3개월 이상 근무 가능한 분만 오세요' 라고 말이다.

보면 정말 흔하디흔한 아르바이트 모집 문구지만 미화여대 근처에서 아르바이트 할 수 있는 학생이라면 당연히 100% 여대생이었고, 그 여파는 실로 대단했다.

"…이 사람이 모두 다 아르바이트 면접?"

재중은 지금 카페에 앉아 있는 손님의 90%가 아르바이트 면접으로 온 사람이라는 테라의 말에 머리를 절레절레 흔들었다.

기껏해야 서너 명 정도나 올까 기대한 재중의 예상을 완전히 벗어나 버린 것이다.

아무래도 오늘 하루 종일 면접을 봐야 할지도 모른다는 생각에 슬쩍 테라를 본 재중은,

"테라, 수고해라."

모든 것을 너에게 맡긴다는 듯 굳은 눈빛으로 쳐다보면서 어깨를 한 번 가볍게 토닥거려 준 뒤 고개를 돌렸다.

너 때문에 뽑는 아르바이트니까 네가 뽑으라는 무언의 눈빛을 남기고서 말이다.

그 뒤로 테라는 그날 하루 종일 아르바이트 면접만 보았다.

그런데 정작 뽑은 두 명의 아르바이트는 재중이 결정해 버렸다.

본래 한 명만 뽑을 생각이었는데 어쩌다 보니 두 명이 되어버린 것이다.

한 명은 미화여대 경영학과 1학년인 유혜림이고, 다른 한 명은 같은 미화여대생인 이란성 쌍둥이 동생 유새림이었다.

우연히 지나가다가 면접하는 모습을 본 재중이 고아원을 나와 둘이서 학비를 벌어 대학에 다니고 있다는 말을 듣고는 둘 다 고용한 것이다.

다른 학생들은 기껏 해봐야 사회 경험을 한다는 정도의 생각이 눈빛에서 보였다면, 유혜림과 유새림의 경우는 이곳이 아니면 안 된다는 절박한 눈빛이 재중의 마음을 움직인 결과였다.

거기다 의외로 걱정과 달리 며칠 일을 같이 해본 테라도 만족하는 모습이다.

고아원에서 자란 탓인지 물건을 아끼는 것부터 사소한

메모지 하나도 가볍게 생각하지 않는 진실한 모습을 보여 준 두 사람이다.

테라는 드래곤이 만든 인공적인 영혼답게 자존심이 세고 인간을 좀 하찮게 보는 성격이다.

그 성격이 변하거나 한 것은 아니지만 그래도 자신의 범위 내에서 인정을 해주긴 했다.

아르바이트하는 입장에서야 테라가 어려운 것은 같겠지만 말이다.

그리고 좋은 소식이 하나 있다면 재중은 역시나 테라의 응원(?)에 힘입어 검정고시에 수석으로 합격했다.

물론 자그마한 지방 신문 구석에 선우재중의 이름이 올라서 별다른 이슈도 되진 못했지만 그래도 여러 가지로 대학을 선택하는 데 있어서는 폭이 넓어진 것은 사실이다.

재중도 수석 합격으로 패스했다는 것에 의외로 기분이 좋다는 것을 새롭게 느끼고 있었으니 좋았다.

다시 평온한 카페의 일상으로 돌아온 느낌이랄까?

오히려 박은혜가 찾아오기 전 언제나 반복되던 일상이 다시 되돌아온 듯했다.

아직까지는.

*   *   *

띠리리리리릴.

—여보세요.

어차피 전화가 올 때부터 이름이 뜨기에 누군지 알고 받은 테라가 퉁명스럽게 말했다.

"테라 씨?"

—네.

"재중 씨 지금 곁에 있나요?"

—마스터요? 음, 지금 3층에 올라가셨어요.

표정부터 싫다는 티를 팍팍 내면서 전화 받는 모습에 우연히 곁을 지나던 유혜림이 순간 놀라서 뒷걸음질을 칠 정도였으니 알 만했다.

유혜림이 알기로도 평소에는 나긋나긋하게 웃는 얼굴이 대부분인 테라가 저렇게 싫은 티를 내면서 전화를 받는 사람이 누군지 궁금해질 정도였으니 말이다.

"찾았어요."

—……?

뜬금없이 찾았다는 말에 테라가 말이 없자,

"재중 씨의 여동생 행방을 찾았어요."

벌떡!!

—정말이죠?

너무 놀라서 자리에서 벌떡 일어선 테라는 자신의 목소리가 커졌다는 것을 자각하지 못하고 있다가 유혜림이 어쩔 줄 몰라 하는 모습에 다시 조용히 앉았다.

방금은 기다리던 말이긴 했지만 역시나 직접 들으니 너무 놀라서 당황했다. 하지만 곧 정신을 차리는 것과 동시에 김인철이 떠올랐다.

─자세히 말해보세요.

"우선 재중 씨의 여동생 분이 입양되었다는 년도와 달을 중심으로 전국적으로 입양 기록이 남아 있는 모든 여덟 살짜리 여자애의 기록을 모두 뒤진 결과 총 열일곱 명이에요."

─의외로 많군요.

"그런데 그때 주신 사진을 비교한 뒤 추려낸 사람은 모두 일곱 명이에요. 그중에서 국내 입양은 단 두 명이구요, 나머지는 모두 국외로 입양되었어요."

─…….

박인혜의 말은 운이 좋으면 그 국내 입양 두 명 중에서 찾을 수도 있지만 아니라면 국외로 나가야만 한다는 것이다.

"그리고 저희가 따로 조사해 본 결과 국외로 입양 간 다섯 명 중에 두 명은 이미 사망한 것으로 나왔어요."

―칫.

만약에 혹시라도 사망한 두 명 중에 재중의 여동생이 있을지도 모른다는 것을 잠시 생각해 본 테라는 자신도 모르게 손에 힘이 들어갔다.

재중의 성격상 결코 그냥 넘기지 않을 터였다.

그게 자의든 타의든 말이다.

누구에게라도 책임을 물을 가능성이 높았다.

―마스터에게 전할게요.

필요한 것을 들은 테라가 곧 전화를 끊고 고개를 돌리자 이미 재중이 테라의 옆에 돌아와 있었다.

"여동생으로 보이는 사람들의 행방을 찾았다는 거군."

이미 테라가 말하지 않아도 대략적으로 전화 내용을 알아들은 듯 가볍게 고개를 끄덕이더니,

"다녀올게."

라는 말을 남기고는 조용히 카페 밖으로 나가는 재중이다.

그리고 그런 그의 뒷모습을 보고 있는 테라는 조용히 눈빛을 반짝이면서 자신만의 준비를 시작했다.

싫든 좋든 김인철이 이제 움직일 테니 말이다.

예상보다 검예가의 힘과 정보력이 훨씬 좋은 듯했다.

대충 몇 개월은 예상하고 있던 것에 비해서 소식이 빨

랐다.

사실 지금 찾은 여동생 후보 중엔 재중의 여동생인 선우연아가 없을 수도 있었다.

하지만 있든 없든 김인철은 움직일 것이다.

그에게는 지금이 다시없을 재중을 처리할 기회일 테니 말이다.

테라가 조용히 마법사답게 자신만의 준비를 시작하는 동안 재중은 택시를 타고 검예가로 가는 중이다.

물론 머릿속에는 수많은 생각이 오가고 있다.

당연히 그런 재중의 복잡한 생각 속에는 테라가 예상하고 있듯 김인철이 움직일 것이라는 것도 포함되어 있었다.

"기다렸어요."

검예가에 도착하자 이미 박인혜가 앞에까지 마중 나와 있었다.

그녀의 안내를 받아 전에 가주를 만났던 기와 지붕이 잘 어울리는 방에 들어가 앉았다. 그녀는 잠시 나가더니 서류를 가지고 다시 돌아왔다.

"이건 개인 인적 사항이라 밖으로 가지고 나갈 수는 없지만 여기서 보는 것은 상관없어요."

박인혜가 내민 서류를 보자 우선 국내로 입양된 일곱 명의 인적 사항과 함께 왼쪽 상단에 사진이 붙어 있다.

"음......."

사진을 보고 자신도 모르게 침음성을 내뱉은 재중이다.

박인혜도 그럴 줄 알았다는 듯 말했다.

"재중 씨가 봐도 비슷한가 보죠?"

"그게 참 뭐라고 해야 할지......."

아무리 재중이라도 해도 헤어져 있는 시간이 무려 20년 가까이 흐른 상태다. 테라가 보여준 이미지와 너무나 비슷한 일곱 명의 사진을 보고는 세상에 이렇게 비슷하게 생긴 여자가 많다는 것을 처음 알게 되었다.

아니, 오히려 테라가 보여준 이미지 자체가 너무 통계적인 기본 베이스를 바탕으로 해서 그런지 전체적인 분위기를 보면 다 비슷해 보이기까지 해 재중은 난감하기 그지없었다.

설마 이렇게 비슷하게 닮은 사람이 많을 줄은 재중도 전혀 예상을 못했다.

"우선 그 두 명을 찾아가시겠어요?"

서류에 첨부된 사진 자체도 제법 오래된 것이긴 하지만 어쨌든 직접 봐야만 확신할 수 있었다.

국외로 간 다섯 명, 아니, 두 명이 죽었으니 세 명을 제외하고는 가까운 사람부터 찾아보기로 했다.

"주소와 이름 정도는 괜찮겠죠?"

서류 자체는 가지고 가지 못한다고 했으니 필요한 것만 옮겨 적은 뒤 곧바로 검예가를 나선 재중이다.

그리고 재중이 검예가를 나서자 기다렸다는 듯 검은 그림자가 따라붙었다.

"…훗."

역시나 적이 생각대로 움직여 주는 모습에 재중은 그들 모르게 조용히 입가에 미소를 지었다.

재중은 우선 가장 가까이 있는 전희준이라는 이름의 여성을 찾아서 택시에 올라탔다.

당연히 재중이 탄 택시가 움직이자 어디서 나타났는지 평범한 두 대의 차가 적당한 거리에서 의심이라고는 전혀 받지 않을 만큼 능숙한 솜씨로 미행하고 있다.

"여긴가?"

택시를 타고 40분 정도 이동했을까? 재중이 택시에서 내린 곳은 허름한 동네였다.

아니, 재중도 익히 알고 있는 곳이기도 했다.

한때 고아원을 뛰쳐나와 길거리를 헤매고 다닐 때 와본 적이 있었다.

"설마 이곳으로 다시 오리라고는……."

일면 판자촌, 재개발 지역이라고도 불리는 곳으로 간단

하게 달동네라고 하면 바로 이해가 될 만큼 나름 아는 사람
은 다 아는 곳이다.

재중도 달동네라고만 알고 있지 정확한 주소를 몰랐는데
도착하고서야 알게 되었다.

그리고 주소지와 이름을 알아도 달동네에서는 모래사장
에서 바늘 찾는 것만큼 힘들다는 것도 알게 되었다.

웃긴 것이 달동네는 정확한 주소지가 없었던 것이다.

가장 대표적인 집이나 슈퍼의 주소를 모두 사용했고 그
럴 수밖에 없었다.

왜냐하면 다 무허가 건물이었으니 당연한 일이다.

"하아, 이 집인가?"

거의 네 시간 동안 길 가다 마주치는 사람마다 묻고 또
묻고를 반복해서 결국에 알아낸 곳이 바로 달동네 중에서
도 가장 꼭대기에 위치한 집이다.

어디서 구했는지 모르지만 집으로 개조한 컨테이너 하나
가 달랑 있는 곳을 보고는 자신도 모르게 온몸에 마나가 잠
시 끓어오를 뻔한 것을 겨우 진정시켰다.

자신의 여동생일지도 모른다.

잃어버린 여동생이 잘살고 있으리라는 막연한 생각이 산
산이 부서지면서 현실이 어떤지 일깨워 주는 지금의 상황
에 잠깐이지만 그동안 억눌렀던 감정이 흔들린 것이다.

만약 지금 여기서 재중의 감정이 폭발하게 된다면 반경 100미터는 아무것도 남지 않을 것이다.

먼지 하나도 없이 말이다.

"계십니까?"

재중이 나직하게 불렀지만 어째 집안에서는 대답이 없었다.

분명히 재중의 감각에는 집안에 어린애 하나와 성인 여자가 있다는 것이 느껴지고 있는데 말이다.

"계십니까?"

다시 재중이 불러봤지만 역시나 아무도 없는 듯 묵묵부답이다.

그런데 기척을 자세히 살피던 재중은 지금 집안에 있는 사람들이 몸을 웅크리고 서로 껴안고 있다는 걸 깨달았다.

마치 무언가에 겁에 질린 듯한 사람들이 하는 행동처럼 말이다.

"아!"

잠시 이곳의 상황과 집안의 모습, 그리고 집안에 숨어서 마치 아무도 없는 것처럼 웅크리고 겁에 질린 사람의 기척을 종합하자 바로 이해가 되었다.

재중을 사채업자나 아니면 그와 비슷한 일을 하는 사람들로 알고 있는 것이 분명했다.

사채 빚에 시달려 공포를 알게 되면 사람을 만나는 것 자체를 꺼리게 된다고 한다.

귀신보다 사람이 더 무섭다는 말이 왜 나왔는지는 지금의 모습만 봐도 알 수 있었다.

"어쩌지?"

이대로 마냥 기다려 봐야 안에 있는 사람들은 절대로 나오지 않을 것이 분명했다.

그렇다면 그냥 들어갈까 하고 고민하고 있는데 문득 뒤에서 사람의 기척이 들리기에 돌아보니,

건들건들, 건들건들.

"캬악, 퉤!"

두 명의 남자가 곧장 재중이 서 있는 집으로 오는 게 아닌가?

그러다 그들도 재중을 발견했는지 잠시 쳐다보더니,

후다다다닥!!

갑자기 그 오르막길을 한걸음에 뛰어올라 와서는 재중의 앞을 막아섰다.

"야! 너 남편이지?!"

"……?"

다짜고짜 재중을 보고 남편이라고 물어보는 남자의 말에 재중이 고개를 갸웃거렸다.

"어라? 아닌가?"

그동안 사채 빚을 받으려 다니던 경험상 재중이 보인 반응을 본 남자는 아니라는 것을 알아채고는 추궁하듯 말했다.

"야, 너 뭐야? 이 집에 무슨 볼일이라도 있어?"

재중이 저 집의 사람이 아니라는 것을 알고는 있지만 원래 돈에 미친 놈들이라 그런지 뭐라도 뜯어먹을 수 있을 만한 것이 있는지 살피는 듯 재중을 훑어보기 시작했다.

"잠시 사람 좀 만나러 왔습니다."

"사람? 아, 너도 이 연놈들한테 돈 빌려줬구먼?"

재중이 사람을 만나러 왔다는 말에 지레짐작으로 자기들처럼 돈 받으러 왔다는 것이라 생각한 남자는,

"그런 거라면 포기하슈. 얼마나 끈질긴 년인데. 남편이라는 놈이 돈 빌려가 놓고 도망가서 살았는지 죽었는지 소식이 없는 지 벌써 2년째이니 당신 돈은 받기 힘들 거유."

그렇게 한마디 하고는 서슴없이 익숙한 손놀림으로 어설프게 만든 문을 발로 차고는 안으로 들어가 버렸다.

"…음."

우선 재중은 가만히 녀석들이 하는 행동을 뒤에서 지켜보기로 했다.

자신의 동생인지 아닌지 알 수도 없는 마당에 오지랖 넓

게 움직일 필요는 없었다.

이미 박은혜를 한 번 구해줬다가 요상하게 일이 꼬여서 지금도 꼬리가 붙어 있는 재중의 입장에서는 굳이 먼저 움직일 이유가 없었다.

나중에 상황을 봐가면서 움직여도 늦지 않을 것이라고 판단하고는 우선 얼굴이라도 보고 나서 행동하기로 했다.

쾅쾅쾅!!

"야, 이년아! 돈 내놔, 돈! 네년이 남편이 가져간 돈 내놓으라고!!"

쾅쾅쾅쾅쾅!!

두 남자는 사정없이 컨테이너를 발로 차면서 동네가 떠나가라 소리치면서 협박하기 시작했다.

그런데 그런 그들과 달리 재중은 슬쩍 고개를 돌려 다른 집들을 살펴봤다.

분명히 재중의 감각에는 모든 집에 사람이 있었다.

그중에는 건장한 성인 남자도 있고 어린애도 있었다.

하지만 그 누구도 나와 보기는커녕 창문이라도 열어서 살펴보는 이조차도 없다.

"익숙하다는 건가."

재중은 알고 있었다.

지금 저들의 비겁함이 어떤 것인지 말이다.

자신도 힘없고 춥고 배고프게 길에서 살아봤기에 뼈저리게 알고 있다.

자기 몸 하나 추스르기도 힘든 세상에서 남을 도와주는 것은 소설에나 있는 이야기라는 것을 말이다.

이 동네 사람들도 알고 있을 것이다.

저 컨테이너 안에는 어린애와 여자밖에 없다는 것을 말이다.

"아, 젠장! 독한 년!"

쾅!!

거의 30분가량을 컨테이너를 발로 차던 녀석들은 오히려 자기 발이 아픈지 인상을 찡그리더니 가래침을 문에 뱉어 버리고는 되돌아 재중을 지나쳐 내려가 버렸다.

"경고인 건가?"

사채 빚을 받는 것도 무조건 협박을 해서 받는 것처럼 보이지만 몇 가지 단계가 있었다.

아마 지금 돌아간 녀석들이 다시 올 때는 빈손으로 오지 않을 것이다.

그녀와 아이를 보호하고 있던 컨테이너를 잔인하게 찢어 버릴 도구와 함께 여럿이 올 테니 말이다.

하지만 그런 감상에 젖어 있기에는 녀석들의 등장이 재중에게는 좋지 않았다.

더 겁을 먹어서 나오지 않으려고 할 테까.

"하아, 별수 없네."

마냥 기다릴 수도 없는 상황이니 어쩔 수 없이 재중도 실력 행사를 할 수밖에 없었다.

저벅저벅.

컨테이너 앞으로 다가간 재중은 정중하게 문을 향해,

똑똑똑.

노크를 했지만 역시나 오히려 더 숨을 죽여 웅크리는 기척만 보일 뿐이다.

"뭐 나중에 고쳐주면 되니……."

잠겨 있는 컨테이너 집의 문손잡이를 움켜잡고 그대로 돌렸다.

우지지직!!

재중의 손이 손잡이를 돌리는 순간 부서지는 소리와 함께 너무나도 허무하리만큼 쉽게 문이 열렸다.

그리고 문을 연 재중의 코에 가장 먼저 느껴지는 것은 지린내였다.

덜덜덜, 덜덜덜, 덜덜덜.

겁에 질려 오줌을 싸버린 어린 여자애와 그런 아이를 몸에 꼭 껴안고 재중을 두려운 눈길로 쳐다보고 있는 30대 중반 정도의 여인이 재중을 똑바로 쳐다보고 있다.

두려움이 가득한 눈빛으로 말이다.

"전 선우재중이라고 합니다. 혹시 선우연아라는 이름을 기억하십니까?"

Chapter 12
전희준

또로록.

컨테이너 집은 사람이 살기에는 너무나 열악했지만 그래도 커피는 있었는지 여인은 재중에게 믹스커피를 한 잔 내밀었다.

"드세요."

"네, 감사합니다. 그리고 부서진 문은 제가 변상해 드리겠습니다."

문손잡이를 부수고 들어온 재중을 본 그녀는 이제는 끝이라고 생각했다.

당연히 조금 전 발길질을 하면서 협박하던 녀석들이 들어와서 자신과 딸을 질질 끌고 갈 거라고 생각했던 것이다.

그런데 의외로 정중하게 인사를 하고 자신을 선우재중이라고 소개하더니 선우연아를 아느냐고 물어보는 것이 아닌가? 순간 뭔가 이상하다는 것을 느낀 그녀는 밖을 살펴보고는 재중 외에 아무도 없다는 것을 알았다.

"누구세요?"

그 말이 아직도 떨고 있는 딸을 부둥켜안고 있는 그녀가 재중에게 한 첫마디였다.

당연히 그 말을 들은 재중은,

"제 여동생을 찾으러 왔습니다."

하고 말했다.

그리고 그렇게 시작된 이야기를 들은 그녀는 자신은 전희준이고 선우연아가 아니라고 했다.

자신은 고아원 시절의 이름 그대로 사용하고 있다고 했다.

재중도 방 안에 들어와서 그녀와 눈동자가 마주치는 순간 느낄 수가 있었다.

그녀는 자신이 찾는 선우연아가 아니라는 것을 말이다.

아무리 헤어져 있어도, 아무리 오랫동안 떨어져 있어도 피가 물보다 진하다는 말이 맞는지 본능적으로 알 수 있었다.

하지만 굳이 입 밖으로 말하진 않았다.

그리고 그녀는 재중의 눈동자를 가만히 쳐다보면서 순순히 아니라고 말했다.

그런데 그와 동시에 뭔가 결심을 한 듯 굳은 눈빛을 하더니 입을 열었다.

"선우재중 씨라고 하셨나요?"

"네."

"처음 본 사람에게 할 말은 아니라는 것을 알지만… 제 딸을 데리고 가주세요."

"네?"

재중은 커피만 마시고 부숴 버린 문 값을 주고 일어서려고 했는데 뜬금없이 여자가 자신의 딸을 재중보고 데리고 가달라고 하자 놀란 눈으로 쳐다보았다.

"놀라실 걸 압니다. 하지만 조금 전부터 계셨다면 아실 겁니다. 아마 며칠 뒤 다시 녀석들이 찾아올 거예요. 그리고 전 끌려가겠죠."

재중은 조용히 고개를 끄덕였다.

"전 상관없어요. 제가 선택한 인생이니까요."

역시나 고아원에서 자라서 그런지 웬만한 것으로는 쉽게 무너지지 않는 정신력을 가지고 있는 전희준이었다.

고아원에서 생활한 사람들이 멘탈이 약할 것이라는 잘못된 생각을 가지고 있는 사람이 많은 편이다.

하지만 그건 오히려 반대였다.

잘 먹고 잘 자라온 아이들이 성격이 좋은 것은 사실이긴 하다.

왜냐하면 어려움이 뭔지 모르고 자랐으니 당연히 성격이 좋을 수밖에 없다.

하지만 반대로 그렇게 자라왔기에 자신이 생각한 것 이상의 시련이 오면 마치 모래성처럼 허물어져 버리기도 했다.

반면 고아원의 아이들은 세상에 자기 혼자였다.

뭘 하든 자기 스스로 해야 하고 스스로가 결정해야 하는 것이다.

그리고 전희준은 지금 이렇게 된 것도 자신의 선택이라고 생각하고 받아들이는 중이었다.

하지만 자신의 딸만큼은 싫었다.

녀석들에게 끌려가면 아마 팔려갈 것이다.

돈 많고 환경 좋은 입양이 아니라 죽을 때까지 노동을 해야 하는 곳으로 말이다.

인신매매가 바로 그런 것이었다.

재중도 알고 있었다.

어린애만 잡아다가 밥을 주면서 심부름을 가장한 마약 밀매에 동원되는 경우가 많았으니 말이다.

그리고 그렇게 키우면서 나이가 차면 여자아이는 사장가

에 돈을 받고 팔아버렸고, 남자아이는 다른 곳으로 보내 죽을 때까지 돈을 벌게 하다가 장기를 꺼내 팔고 묻어버릴 것이다.

자신이 그런 녀석들에게 수도 없이 쫓겨본 경험이 있으니 모를 수가 없었다.

그녀의 말을 가만히 듣던 재중은 또다시 끓어오르는 감정을 진정시키면서 한마디 내뱉었다.

"그런다고 아이가 기뻐할까요?"

세상에 혼자가 된다는 고통이 뭔지 너무나 잘 아는 재중이 묻자 전희준이 어렵사리 대답했다.

"재중 씨가 키워주시기를 원하지는 않아요. 데리고 가서 먼 곳… 이곳에서 아주 먼 곳의 고아원에 맡겨주세요. 그래야 녀석들이… 찾지 못할 거예요."

나이는 분명 28세라고 서류에 쓰여 있지만 재중의 눈에 보인 전희준은 30대 중후반으로 보일 만큼 늙어버린 모습이다.

아마 힘들게 살아왔을 것이다.

그러다 남자 잘못 만나서 저 꼴이 되었을 것이고 말이다.

그리고 그 남자는 일이 잘못되자 처와 딸을 버리고 도망친 것이다.

남겨진 아내와 딸이 피눈물을 흘리면서 고통받을 것을 알면서도 자신이 살기 위해서.

"하아……."

재중은 문득 이런 생각이 들었다.

과연 그냥 이렇게 이 모녀를 모른 체할까, 아니면 자신이 데리고 갈까 하고 말이다.

모른 체해도 된다.

왜냐하면 어차피 남이니까. 하지만 자신의 가슴이 그걸 허락하지 않고 있었다.

지금 재중의 생각을 보면 정말 냉혈한이라고도 할 수 있다. 하지만 꼭 그렇지도 않은 것이 재중은 지금 몸은 드래곤이지만 의식은 인간의 수준에 머물러 있는 불균형한 상태였다.

테라도 그 점 때문에 재중의 작은 변화에도 그토록 민감하게 반응했던 것이다.

그런데 전희준을 만나면서 그동안 각성한 드래곤의 피의 영향이 강했던 것이 조금 흩어지고 있었다.

재중 본인은 모르고 있지만 재중의 조용하고 귀찮은 것을 싫어하는 성격은 바로 드래곤의 공통적인 성격이다.

대륙에서 보낸 100년의 시간 동안 테라와 흑기병, 그리고 자신을 대륙으로 데려온 마법사 베르벤 외에는 딱히 사람과의 접촉이 없었던 것도 모두 드래곤의 피가 너무나 강해서 재중의 인간적인 면을 힘으로 내리눌렀기에 가능했더 것이다.

그런데 여동생을 찾을 수도 있다는 특수한 상황에 그동안 드래곤의 피에 눌려 있던 인간으로서의 감성이 기지개를 켜듯 깨어나고 있었고, 당연히 기존의 재중의 드래곤적인 성격과 부딪칠 수밖에 없었다.

간단하게 말하자면 지금 재중은 과거 지구의 인간으로서 살았던 재중의 생각과 드래곤의 피의 각성으로 인해 대륙에서 생활하면서 만들어진 드래곤 특유의 생각이 서로 충돌을 일으키고 있는 것이다.

아마 여동생을 찾는 특수한 상황이 아니었다면 평생 드래곤의 피로 만들어진 생각으로 살았을 것이다.

하지만 조금 전의 감정의 폭발로 인해 깨어나기 시작한 과거 재중의 생각과 사고방식이 지금 눈앞에 전희준과 그의 딸을 외면하면 안 된다고 말하고 있었다.

상황이 그러니 당연히 재중은 고민할 수밖에 없었다.

자신이 데리고 가는 것은 어렵지 않았다.

하지만 동정과 책임은 다른 것이다.

그녀와 그녀의 딸을 재중이 데리고 이곳을 나서는 순간 재중은 원하지 않더라도 그녀가 진 사채 빚과 연결고리가 생겨 버릴 테니 말이다.

그리고 저 모녀의 생계를 책임져야만 한다.

논리적으로 따지면 재중의 드래곤적인 사고방식이 옳지만 재중의 인간적인 감성은 그걸 무시하고 있었다.

결국 다시 컨테이너를 나설 때 재중의 곁에는 전희준과 그녀의 딸이 함께하고 있었다.

"저와 함께 가시겠습니까?"

그녀의 진실한 눈동자가, 절망의 끝에서 슬픔이 가득한 그 눈동자가 재중의 마음을 움직여 버린 것이다.

그리고 재중은 생각을 조금 바꾸기로 했다.

"흑기병."

─네, 마스터.

조용히 흑기병을 부르자 재중의 그림자가 잠시 흔들리면서 흑기병의 대답이 들렸다.

"검예가를 나올 때부터 나를 미행한 녀석들을 잡아라."

─알겠습니다, 마스터.

그리고 마치 재중의 그림자가 분리되듯 하나가 떼어져 나가더니 곧 어둠 속으로 사라져 버렸다.

"뭐지?"

재중을 미행하는 임무를 맡은 녀석 중에 대장인 녀석은 약간 경계심이 풀어진 상태였다. 컨테이너 안에 들어간 재중이 한참이나 나오지 않았기 때문이다.

컨테이너에 오래 있다는 것은 자신이 미행을 하는 목표일 가능성이 높다는 것이었으니 말이다.

녀석은 재중이 돌연 전희준과 그녀의 딸이 함께 나오는 것을 보고는 눈빛을 반짝였다.

"찾았군."

이미 재중을 미행할 때 혹시라도 재중과 함께 나오는 사람이 있다면 무조건 사진을 찍으라는 말을 들었기에 품에서 작은 소형 카메라를 꺼냈다.

찰칵! 찰칵!

사진을 찍고 있는 본인도 유심히 들어야 들을 수 있을 만큼 아주 미세한 소리였다.

몰래 사진을 찍을 용도로 만들어진 카메라답게 크기는 담뱃갑만큼 작았지만 그 작은 크기와 달리 무려 1,000만 화소에 32배 줌까지 되는 특수카메라였다. 전희준의 땀구멍까지 자세하게 찍을 만큼 성능이 좋았다.

거기다 이미 이런 일이 익숙한 듯, 녀석이 찍는 사진도 한 장이 아니었다.

찍을 수 있는 틈이 있다면 무조건 셔터를 눌러서 한참을 찍어대던 녀석의 입가에 미소가 그려졌다.

녀석이 뒤를 보면서 나직하게 말했다.

"전해라. 목표를 찾았다고."

그 말과 함께 자신이 가지고 있던 카메라를 넘겨주었다.

자신은 계속 미행을 하기로 했지만 최대한 목표를 발견하면 빨리 보고하라는 명령이 있었기에 바로 부하에게 넘겨 버린 것이다.

"네."

부하도 역시나 능숙하게 카메라를 넘겨받고 곧바로 몸을 돌려 움직였다.

아니, 움직이려 했었다.

덥썩!

"쿨럭!"

느닷없이 어둠속에서 시커먼 철갑 손이 튀어나와 부하의 목을 움켜잡지 않았다면 말이다.

"누구냐!"

챙!

느닷없이 부하의 목이 누군가에게 잡히는 것을 본 순간, 카메라를 넘겨줬던 대장은 허리에서 검을 뽑아 휘둘렀다.

생각해서 하는 행동이 아니라 마치 수십 년 동안 훈련을 했던 것이 몸에 배어 있는 듯 자연스럽고 매끄러운 행동이었다.

캉!

하지만 그런 녀석의 검은 오히려 다른 검은 철갑의 손에 허무하게 잡혀 버렸다.

"말도 안 돼."

수십 년간 쌓아온 경험 속에서 미행할 때마다 지니고 다니는 검은 일반 검이 아니었다. 단검보다 길고 장검보다는 짧은 소태도라는 검이었다.

이 검은 그 특이한 길이 때문에 총알도 막을 수 있는 검이라는 별명이 붙어 있었다.

실제로 일본의 사무라이들이 본래 사용하던 검으로 방어를 목적으로 가지고 다니던 검이기도 했다.

소태도를 능숙하게 다루는 자는 총도 무섭지 않다는 말이 그냥 나온 것이 아니라 실제로 일본의 메이지유신 시대에 소태도로 총알을 막은 사무라이들이 있었다.

그렇기에 사무라이들에게 소태도는 검이라기보다 방패에 가까운 검이었다.

그리고 대장은 그런 소태도를 집중적으로 수련한 사람으로 지금처럼 검이 닿는 거리에서 실패한 적이 단 한 번도 없었다.

특히나 다른 것은 몰라도 소태도의 특이한 길이의 검으로 하는 발검이라면 자신 있는 대장이다. 한데 검이 발검하는 순간 잡힌 것이다.

대장은 놀라면서 잠시 주춤했는데, 그것이 자신이 기억

하는 마지막 기억이 될 줄은 몰랐다.

퍼걱!

부하의 목을 손에 쥔 채로 휘두른 주먹에 맞아 기절해 버렸으니 말이다.

흑기병은 그렇게 재중을 미행했던 두 녀석을 가볍게 처리한 뒤 어둠 속에서 모습을 드러냈다.

잠시 손에 쥐고 있던 녀석과 기절해 있는 대장으로 보이는 녀석을 한 번 번갈아 보았다.

—굳이 둘은 필요 없겠지.

재중이 미행하는 녀석을 처리하라고 시킨 것은 정보가 필요 했기 때문일 것이 뻔했다.

흑기병은 쓸데없이 부하까지 끌고 갈 생각은 없었다.

우드득!

털썩!

흑기병이 부하의 목을 쥐고 있던 손에 힘을 주자 너무나 쉽게 목이 부러져 버렸고, 그걸로 부하는 죽어버렸다.

그리고 그런 부하의 손에서 흘러내린 카메라를 넘겨받은 흑기병은 죽은 녀석을 그대로 손에 들고, 기절한 대장은 어깨에 짊어지고는 어둠속으로 조용히 사라져 버렸다.

마치 이곳에 누구도 있었던 적이 없는 듯 조용하면서도 은밀하게 말이다.

　　　　*　　　*　　　*

　"아저씨, 우리 어디 가요?"

　콧물에 얼굴은 며칠 동안 씻지 않았는지 땟물이 흐르는 전희준의 딸이 재중을 물끄러미 쳐다보며 물었다.

　"집에."

　재중은 간단하게 대답했다.

　"저희 집은 저기인데……."

　아직 어린애가 이해할 수 있는 상황이 아니었다.

　단지 엄마가 가니 따라가는 것이다.

　그럼에도 이상하게 재중을 잡고 있는 손은 꼭 잡고 놓지 않고 있다.

　띠리리릭.

　그때 재중의 주머니에서 전화벨이 울렸다. 받아보니 박인혜였다.

　"동생 분 찾으셨어요?"

　"아니더군요."

　"아, 하지만 아직 희망이 있으니 찾을 수 있을 거예요."

　박인혜는 재중을 위로하듯 한마디 했다.

　"저기, 인혜 씨."

"네."

"전희준 씨 앞으로 사채 빚이 있더군요. 얼마나 되는지, 어떤 녀석들인지 좀 알아봐 주실 수 있나요?"

"네?"

전희준이라면 지금 재중이 여동생인지 아닌지 확인하러 갔던 사람의 이름이다.

그런데 분명 여동생이 아니라고 한 것 같은데 사채 빚을 알아봐 달라는 말에 이상한 듯 되물었다.

"그냥 개인적인 겁니다. 가능할까요?"

재중은 인혜가 거절하면 테라를 통해서 알아볼 생각이기에 가볍게 물어봤는데 박인혜는 오히려 기다렸다는 듯 답했다.

"걱정 마세요. 그런 거라면 바로 내일까지 가능해요."

"그럼 부탁드릴게요."

그리고 전화를 끊자 오히려 재중의 옆에서 걷던 전희준이 놀란 얼굴로 재중을 쳐다보면서,

"그건… 왜……."

자기 사채 빚을 재중이 누군가에게 물어볼 줄은 전혀 예상치 못했기에 놀란 얼굴로 물어봤다.

재중은 오히려 싱긋 웃으면서,

"갚아야 하는 것이니까요."

그녀는 모르고 있다.

테라의 아공간에 잠들어 있는 최태식으로부터 가져온 수많은 금괴가 본래 재중의 것이 아니라는 것을 말이다.

오히려 재중과 인연이 닿은 전희준과 같은 사람들의 것이다.

세상의 많은 사람을 모두 구할 수는 없었다.

재중도 굳이 찾아다니면서 구할 생각도 없었다.

그저 자신과 인연이 닿는 사람을 우선은 도와주고 싶을 뿐이다.

정직하게 스스로의 삶을 받아들이면서 힘겹게 살아가는 사람들은 테라의 아공간에 잠들어 있는 금괴를 받을 자격이 충분했다.

"그럼… 다음은 신지영 씨인가?"

전희준과 함께 국내로 입양된 두 번째 여동생 후보의 이름을 중얼거린 재중은 우선 카페로 가서 이 모녀를 쉬게 해줄 생각이다.

사람들은 모두 카페가 3층으로 알고 있지만 사실 지하가 있었다. 그것을 아는 사람은 아무도 없었다.

지하라고 하지만 테라가 수많은 마법으로 그 어디보다 아늑하게 꾸며놓은 방이 세 개나 있었다.

그중에 하나를 줘서 우선은 쉬게 한 다음 두 번째 후보인

신지영을 찾아갈 생각이다.

"엄마, 우리 어디 가?"

엄마가 가니 따라 가긴하지만 계속 집에서 멀어지니 어린마음에 겁이 난건지 아니면 걱정이 된 건지 물어본다. 그 모습에 전희준은 딸을 안아 들었다.

"응, 우리 이사 가는 거야."

"이사? 정말?"

"응."

이사 간다는 말에 오히려 딸이 환하게 웃자 전희준은 서글픈 표정을 지었다.

아직 어린애였지만 어찌 모르겠는가?

컨테이너에서 사는 것이 부끄럽다는 것을 말이다.

달동네에서도 가장 허름한 곳으로 꼽히던 곳이 바로 전희준이 살던 집이었다.

최소한 다른 집은 지붕이라도 있는 집이지만 전희준이 사는 집은 그런 지붕조차 없었다.

그런 집에서 사는 딸은 흙이 장난감이자 친구였기에 이곳을 벗어난다는 것만으로도 좋은 마음을 숨기지 못하고 있었다.

"그렇게 좋아?"

"응!"

강하게 고개를 끄덕이면서 대답하는 모습에 못내 고개를 돌려 눈물을 보이는 전희준이었다.

그러면서도 한편으로는 앞서가는 재중을 보는 그녀의 눈동자에는 기쁨과 함께 긴장감도 그려졌다.

자신이 선택한 것이긴 하지만 일말의 불안감을 모두 떨쳐 버리기에는 아직 재중에 대해서 아무것도 아는 것이 없었으니 말이다.

최소한의 조건, 재중의 눈동자의 느낌 하나만 보고 지금 전희준은 딸과 함께 가는 중이었다.

최소한 사채 빚 때문에 끌려가서 어딘가로 팔려가는 것보다는 안전할 것이라는 오직 자신만의 느낌 하나만 보고 말이다.

그런데 거의 달동네를 벗어날 때쯤인가?

"엇!! 저년이!!"

조금 전 전희준이 살던 컨테이너 집을 발로 차면서 협박했던 녀석과 다시 마주쳐 버렸다.

혼자가 아닌 열 명이나 되는 녀석들과 함께 말이다.

당연히 그들의 손에는 모두 빠루는 기본이고 해머까지 등에 짊어지고 있는 것이 조금 전 그것이 경고가 아니라 겁을 줘서 어디로 내빼지 못하게 하려고 한 듯했다.

부들부들.

녀석의 얼굴을 보자 전희준은 바로 온몸을 떨면서 딸을 끌어안고 재중의 뒤로 숨었다.

"이 새끼!! 너 저년 남편 부탁 받고 빼돌리러 온 놈이구나!!"

녀석들이 보기에 재중은 딱 의심받기에 충분했다.

겁에 질린 전희준이 처음 본 사람을 따라갈 리는 없으니 당연히 잠적해 버린 그녀의 남편의 부탁을 받고 온 것으로 생각한 것이다.

그런데 재중은 자신을 향해 삿대질을 하면서 소리치는 녀석들을 보더니 씨익 오히려 입가에 미소를 가득 머금었다.

"쓰레기가 넘쳐나는 세상이라… 크크크크크큭……."

혼자 조용히 중얼거린 재중이 열 명이나 되는 녀석들의 품으로 걸어 들어가기 시작했다.

『재중 귀환록』 2권에 계속…

김현석 현대 판타지 소설
전능의 팔찌
THE OMNIPOTENT BRACELET
「신화창조」의 작가 김현석이 그려내는
새로운 판타지 세상이 현대에 도래한다!
삼류대학 수학과 출신, 김현수
낙하산을 타고 국내 굴지의 대기업 천지건설(주)에 입사하다!
상사의 등살에 못 견뎌 떠난 산행에서, 대마법사 멀린과의 인연이 이어지고......
어떻게 잡은 직장인데 그만둘 수 있으랴!!
전능의 팔찌가 현수를 승승장구의 길로 이끈다!
통쾌함과 즐거움을 버무린 색다른 재미!
지.구. 유.일.의 마법사 김현수의 성공신화 창조기!
Book Publishing CHUNGEORAM
www.chungeoram.com

수선경

작은 샘이 바다로 모여들 듯,
만류의 법이 하나로 회귀하듯,
다섯 개의 동경이 드디어 하나로 모인다.

검을 만드는 사람과
검을 쓰는 사람,
그리고 검을 버리는 사람의 이야기!

천명을 타고 태어난 **청풍**과 **강검산**
그리고 혈로를 걸어온 살수 **타유**,
그들이 다섯 줄기의 피의 숙명과 마주한다.

Book Publishing CHUNGEORAM

유행이 아닌 자유추구 -
WWW. chungeoram.com

백미가 新무협 판타지 소설

FANTASTIC ORIENTAL HEROES

천선지가

불의의 사고로 죽은 청년 이강
그를 기다린 것은 무림이었다!

어느 날
그에게 찾아온 운명,
천선지사.

각인 능력과 이 시대엔 알지 못한 지식으로
전생에서 이루지 못한 의원의 꿈을 이루다!

『천선지가』

하늘에 닿은 그의 행보가 시작된다!

Book Publishing CHUNGEORAM

유행이[미는]자유추구~
WWW.chungeoram.com